칠레에서 일주일을

칠레에서 일주일을

초판 1쇄 발행 2017년 6월 29일

글 사진 조이한

펴낸곳 도서출판 가쎄 [제 302-2005-00062호]
주소 서울 용산구 이촌로319 31-1105
전화 070. 7553. 1783 / 팩스 02. 749. 6911
인쇄 정민문화사
ISBN 978-89-93489-66-8

값 13,800원

홈페이지 www.gasse.co.kr
이메일 berlin@gasse.co.kr

칠레에서 일주일을

칠레에서 일주일을

1day

2day

3day

4day

5day

7day

프롤로그 – 칠레에는 왜 가려고 하는데?

사람들이 물었다. 왜 하필 칠레인데? 그러게. 세상에 나라가 얼마나 많은데. 남미가 가기 쉬운 여행지도 아니고 한국에서 가려면 이동하는 데만 최소한 30시간 이상이 걸리는데 말이다. 이왕 간 김에 페루의 마추픽추며 브라질의 이구아수 폭포며 아르헨티나의 모레노 빙하며 세상의 끝 우수아이아까지 볼 게 얼마나 많은데 콕 집어서 칠레만 돌겠다는 이유가 뭐야? 그런 질문들이 나왔다. 그런데 여행에 남들이 납득할 만한 이유를 꼭 찾아야만 하는 건 아니다. 그냥, 그냥 가고 싶어서 갈 수도 있는 것이다. 인생에서 뭔가를 결정해야 할 때 꼭 남들이 다 고개를 주억거리며 동의해야만 하는 건 아니지 않은가. 별다른 이유 없이 누군가에게 끌리기도 하듯 그냥 우연히 칠레라는 나라에 끌릴 수도 있는 거다.

여기저기 여행을 많이 다녀봤지만 남미는 가본 적이 없다. 그래, 남미를 가자. 그래서 계획을 세워봤다. 너무 크다. 거길 다 돌자니 돈이 너무 많이 든다. 그 돈을 모으기 위해선 아무리 아끼고 열심히 저축을 해도 2년 이상 모아야 한다. 2년 후의 여행이라. 그걸 위해 2년 동안 안 먹고 안 입고 안 쓰고 기다리는 거, 나같이 성질 급한 사람은 숨통 막혀서 못하겠다. 해결 방법은 한 나라만 정해서 가는 거다. 다른 나라들은 그다음에 가면 되니까. 제일 먼저 어딜 가지? 세상에서 제일 이상하게 생긴 나라, 칠레를 가자. 예선에 지리과부도 보면서도 뭐 저렇게 생긴 나라가 다 있나, 웃었던 나라.

실은 그렇게 정해진 거다. 그리고 칠레에 대한 공부를 시작했다.

그때까지 칠레에 대해서 아는 건 별로 없었다. 나뿐만 아니라 많은 사람이 그럴 것이다. 세계에서 폭이 좁고 긴 나라. 오른쪽으로는 안데스 산맥이, 왼쪽으로는 태평양이 막고 있는 나라. 해안선의 길이가 무려 6,435킬로미터라고 나온다. 이게 어느 정도인지 감이 안 온다. 부산에서 신의주까지의 길이가 대략 1천 킬로미터다. 그렇게 하면 대강의 길이가 머릿속에 그려질 것이다. 부산에서 신의주까지도 여행을 해본 적이 없으니 그것의 약 7배 정도의 길이를 가진 나라라는 게 어느 정도일지 머릿속으로는 이해했다고 쳐도 실감할 수는 없다. 그 이상한 생김새에 대해서 칠레의 위대한 시인 파블로 네루다는 이렇게 노래한다.

'아메리카 황무지에서
칠레를 보아라.
파괴된 생물학, 뽑힌 가지,
팔에 달린 손가락뼈가
오가는 폭풍을
분산시키는 것처럼 생긴 칠레'[1)]

표현 참 시각적이다. '파괴된 생물학, 뽑힌 가지, 팔에 달린 손가락뼈가 오가는 폭풍을 분산시키는 것처럼' 생겼다니. 세계지도에서 깜짝 놀랄 만큼 길쭉하게 생긴 칠레의 모양과 얼마나 절묘하게 어우러지는 묘사인가. 나라의 생김새 말고 그밖에 아는 것도 있을까? 과일이 가장 풍부한 나라. 구리와 주석과 와인의 나라. 모아이와 고구마, 홍어 그리고 조류의 배설물인 구아노의 나라. 이런 건 백과사전에 제일 먼저 나오는 거다. 수도, 면적, 인구, 날씨 같은 것 말이다. 칠레의 수도는 산티아고, 면적은 756,102제곱킬로미터. 한국이 99,720제곱킬로미터, 그러니까 한국의 7배가 넘는 크기의 나라라는 뜻이다. 그런데 인구는 겨우 1천7백만이다. 사람을 만나기 힘든 나라일까? 굉장히 조용한 여행을 하게 될지도 모르겠구나.

자, 칠레로 떠나자. 그런데 언제 떠날 것이며, 어떤 준비를 하지?

그들의 공용어는 에스파냐어다. 그래서 칠레로 가자고 마음먹은 후 내가 제일 먼저 한 일은 에스파냐어를 독학하는 것이었다. 스마트폰에서 에스파냐어를 배울 수 있는 어플을 다운로드하고 매일 20분씩이라도 하려고 노력했다. 물론 결론적으로 말하자면 나는 스페인어를 겨우 단어 몇 개 정도 외우고 떠났다. 나이가 50을 넘기 이전부터 이미 나는 새로운 정보를 머릿속에

---

1) 파블로 네루다: 모두의 노래. 고혜선 옮김. 문학과 지성사, 2016. 240쪽

집어넣는 것이 힘들어졌다. 읽을 때는 알 거 같은데 고개 들면서 사라지는 신비한 경험을 몇 년째 했으니 딱히 놀라거나 실망할 일은 아니었다. 그라시아스 (감사합니다), 부에노스 디아스 (아침 인사), 께딸? (어떻게 지내세요?), 요 쏘이 코레아나 (저는 한국 사람입니다), 꽌또? (얼마?), 라 꾸엔타 뽀르파보르 (계산서 주세요) 같은 것. 그리고 1에서 10까지의 숫자만 겨우 외우고 떠난 여행. 그건 아무 말도 못 하는 거나 진배없었다.

여행을 준비하면서 칠레에 관한 책을 읽기 시작했다. 체계적으로 읽은 건 아니다. 그냥 손에 잡히는 대로 이것저것 읽었다. 칠레에 관한 영화도 찾아서 봤다. 그렇게 영화와 책을 읽으며 내게는 칠레에 관한 어떤 이미지가 만들어졌다. 역사상 처음으로 선거에 의해서 좌파 정권이 집권에 성공한 나라라는 사실이 제일 먼저 흥미를 끌었다. 우리가 70년대에 박정희 군사 독재 시절을 겪고 있을 때 그들은 선거로 집권한 좌파 정부가 피노체트가 주도하고 미국이 배후에서 조종한 군사 쿠데타로 완전히 뒤집힌 역사의 굴곡을 경험했다. 두 나라 모두 군사 독재 시절을 겪었고 반정부 인사들은 체포되어 무자비한 고문을 받았고 그 과정에서 수많은 사람이 죽었다. 우리가 문민정부를 거쳐 다시금 독재자의 딸이 선거로 대통령이 되고 역사 이래 최고의 국정농단이 밝혀지면서 분노한 시민들이 매주 광화문에서 촛불을 밝히며 대통령 탄핵을 외치는 진통을 겪는 동안 칠레도 피노체트가 물러나고 민주정부가 들어섰다. 나는 칠레 사람들이 과거를 어떻게 기억하는지 진심으로 궁금했다.

흥미로운 부분은 또 있었다. 노벨 문학상 수상자인 파블로 네루다와 가브리엘 미스트랄의 나라, 그리고 노동자와 광부들이 네루다의 시를 읽고 외우는 나라라는 것. 이 대목에서 진심으로 놀랐다. 정말이라고는 믿기 힘든 이야기를 내 눈으로 확인하고 싶었다. 사람들은 정말로 네루다의 시를 외울까? 칠레 민중가요의 대표적인 인물 빅토르 하라는 아직도 사람들의 기억 속에 남아 있을까? 그의 흔적을 그 나라에서 찾을 수 있을까? 남미 사람들은 모두 〈그라시아스 알라 비다(생에 감사해)〉라는 노래를 알고 있을까? 그들의 현재는 어떨까? 책을 읽고 영화를 볼수록 궁금해졌고 내 눈으로 보고 싶었다. 그렇게 거의 1년을 기다렸다. 물론 일상은 수시로 여행 계획을 방해했지만 그럴수록 여행을 떠나고 싶다는 열망은 간절했다.

여행의 시작

항공권은 8개월 전에 미리 끊었다. 그렇게라도 해야 숨통이 트이던 일상이었다. 성수기인 연말에 드물게 100만 원짜리 비행기 티켓이 항공권 사이드에 떴을 때 망설임 없이 바로 티켓을 사버렸다. 출국일은 12월 27일.

정신없이 한 해가 가고 2학기의 기말고사가 끝나자 채점을 부리나케 끝마치고 출발했다.

사람들은 자꾸만 질문했다. 왜 혼자 가? 남편은? 결혼한 여자가 혼자 여행을 간다고 할 때 사람들이 보이는 일반적인 반응이다. 그에 대한 답을 최소한 백 번은 넘게 했을 것이다. 혼자 가면 안 되는 이유라도 있다는 것일까? 부부는 여행도 꼭 같이 해야 한다는 의미일까? 그런데 이걸 한국에서만 들은 게 아니다. 여행하는 내내 나는 이 질문을 받아야 했다. 내가 결혼했다는 걸 알게 된 순간 그들은 질문했다. 혼자야? 남편은? 그가 보내줘? 대단하군.

여행에서는 칠레 사람보다는 세계 각국의 사람들이 더 많았으므로 내게는 충격이었다. 그들도 유부녀가 혼자 여행하는 것에 대해 질문을 하는구나. 더 놀라운 건 그들이 미국인이건 스웨덴인이건 독일인이건 중국인이건 상관없이 "네 남편이 참 대단하구나"라고 한다는 사실이다. 왜 그런 질문을 하냐는 내 말에 "유럽에서도 부인 혼자 장기 여행하는 걸 허락하는 남편은 그리 흔하지 않아"라고 말했다. 40일 남미 여행에 혼자 도전한 나보다 한국의 집에 머물러 있는 남편이 더 "대단하다"라는 소리를 듣는다는 사실이 왠지 좀 억울한 느낌도 들었다. 우리와는 비교할 수 없을 정도로 성 평등이 이루어졌다는 유럽에서도, 여전히 가부장 문화가 지배적인 동양에서도 여성은 아직 남성과 동등한 인격체가 아닌 게 분명했다. (그런데 생각해보면 그 반대였어도 비슷하긴 했을 것 같다. 결혼한 남자가 홀로 장기 여행을 할 때도 부인의 허락이 떨어져야 가능한 것일 테니까 말이다. 어쩌면 남녀의 문제가 아니라 결혼이라는 제도 내에서의 문제이기도 할 거라는 생각이 뒤늦게 들었다)

전체 40일간의 일정이다. 비행기가 닿는 칠레의 수도 산티아고에서 시작한다. 가능하기만 했다면 칠레 북부의 사막에서 시작했을 것이다. 하지만 그건 좀 더 체력을 요하는 일이다. 일단은 비행기가 도착하는 중부에 위치한 산티아고에서 며칠 쉬고 북부로 올라갔다가 천천히 남부 파타고니아로 내려가는 여정을 계획했다. 이동 수단은 무조건 버스다. 물가가 비싸다는 칠레에서 버스는 유용한 이동 수단이다. 시간이 없는 여행자라면 비행기를 이용하겠지만 나처럼 한 나라에서만 40일을 보내는 사람에게는 가격도 그렇지만 비행장이 없는 소도시들을 두루 둘러볼 수 있는 이점이 있기 때문이다.

칠레는 지구의 남반구에 위치하기 때문에 우리와는 계절이 반대다. 우리가 겨울일 때 그곳은 여름이다. 시간도 그렇다. 우리의 오전 8시는 그곳의 저녁 8시. 딱 12시간 차이. 계산은 복잡하지 않다. 그런데 옷을 준비하려면 신경을 좀 써야 한다. 12월 27일에 출국해서 다음 해 2월 9일 귀국이라 그곳은 여름이지만 여름옷만 가져가면 낭패를 볼 것이다. 칠레는 길쭉하게 생겨서 남쪽으로 가면 겨울처럼 춥기 때문이다. 제일 북부는 사막으로 아열대 기후다. 그곳은 연평균 16도로 일 년 내내 비가 한 방울도 내리지 않기도 하는 세계에서 가장 건조한 사막이다. 사막이라고는 해도 해만 지면 쌀쌀하다. 긴 팔 셔츠와 따뜻한 옷은 필수다. 하지만 중부는 온대성 기후이고 남쪽은 한랭기후로 연평균 9도다. 빙하를 볼 수 있는 곳이며 한여름에도 눈이 쌓인 산이 있다. 칠레를 남북으로 여행하려고 한다면 4계절 옷을 모두 준비해야만 한다. 최대한 가볍게 짐을 싸려고 한다면 가지고 갈 옷의 기능성을 고려하지 않을 수 없다.

자세한 일정은 없다. 모든 걸 계획하고 하는 여행은 내 스타일이 아니다. 그냥 대략의 큰 그림만 그려놓고 나머지는 즉흥적으로 한다. 마음에 드는 도시에서는 더 머물 것이고 아니면 금방 뜰 수도 있다. 숙소도 마찬가지다. 처음 도착하는 도시 산티아고의 숙소만 예약해 놓고 다른 건 전부 그때그때 상황에 맡기기로 했다. 숙소를 정할 때의 기준은 일단 가격이 싸야 한다는 것, 그러니까 자연스레 호텔이 아닌 호스텔이 되고 그중에서도 공동 침실인 도미토리가 대상이다. 하지만 싸기만 해서도 안 된다. 이용자들 후기를 대략 읽어보고 너무 시끄럽다거나 매일 파티를 한다거나 지저분하다는 게 나오면 일단 제외한다. 레스토랑이 비싸다고 하니 많은 경우 숙소에서 해 먹어야 한다. 그러니 부엌 사용이 가능한지도 중요한 기준이다. 그렇게 해서 결정한 건 '돈 산티아고 호스텔'. 결론적으로 그 호스텔 선택은 매우 만족스러웠고 그렇게 출발은 매끄러웠다.

DESDE 1906
Orgullo y placer
Cuando se rehabilita un niño,
nos rehabilitamos todos.
Teletón
Teletón

첫 번째 행운: 기억을 다루는 법

첫인상

낯선 곳에 도착하면 긴장하기 마련이다. 특히 도착한 첫날, 공항에 내려서 어디로 어떻게 가야 하는지 난감하다. 가만 생각해 보니 남들 다 읽는 기본적인 여행 책자를 하나도 읽지 않았다. 그건 사실 의도적인 것이었다. 나는 낯선 환경 속에 갑자기 뚝 떨어져 황당하고 신기한 감정을 즐기는 경향이 있다. 온몸의 세포가 살아나는 감각, 살아남기 위해 머리털까지 팽팽해진다. 그래서 동경 공항에서 우연히 만난 제자가 자기가 갖고 있던 남미 여행 책자에서 찢어준 칠레 편도 일부러 읽지 않았다.

안내 데스크에서 물어 일단 시내 중심까지 간다는 공항버스를 탄다. 버스는 어딘지 짐작도 안 가는 시내 어디쯤이 종점이다. 버스로 약 30분가량 가는 동안 나는 쿠데타가 일어나면서 외국으로 망명하여 살다가 다큐멘터리 영화를 찍기 위해 칠레에 몰래 잠입했던 칠레의 영화감독 미겔 리틴의 소회를 떠올린다. 그는 자신이 망명을 떠났을 때의 칠레를 기억하고 있었고 12년 만인 1985년에 발 디딘 고국의 변화에 놀랐다. 그는 "선진국들처럼 시원하게 뚫린 최신 고속도로, 번지르르한 외양, 탄성을 자아낼 정도의 최신식 건물들, 깨끗한 거리, 잘 정비되고 세련된 현대 도시의 전형적인 거리 모습"에 당황했다고 쓴다. 어쩌면 그는 독재 정권하에서 좀 더 비참해진 조국의 모습을 예상했었는지 모르겠다. 그러나 곧 거리를 걷는 사람들에게서 웃음기가 보이지 않고 표정은 굳어 있었으며 다른 사람들은 들을 수 없도록 목소리를 낮춰 대화하는 사람들의 모습에서 사람들이 뭔가를 두려워하고 있음을 감지한다. 노벨 문학상 수상 작가인 가브리엘 마르께스는 미겔 리틴과 오래 인터뷰한 이후에 〈칠레의 모든 기록〉이라는 제목의 책을 썼고 나는 칠레로 떠나기 전에 그 책을 읽었다.

미겔 리틴이 고국을 비밀스럽게 방문한 지 32년이나 지난 후에 나는 산티아고에 도착했다. 첫 번째 방문이다. 내 눈에 칠레 산티아고는 여느 대도시와 크게 다르지 않다. 시인 파블로 네루다가 대학에 가기 위해

1921년에 산티아고에 왔을 때는 거리에서 “가스 냄새와 커피 냄새”가 났다고 했다. 그로부터 거의 100년이 흐른 뒤의 산티아고 거리는 쨍한 공기 대신 먼지가 잔뜩 섞인 것 같은 부연 공기로 가득 차 있었다. 버스를 비롯한 모든 자동차들이 낡았고 그들이 뿜어대는 배기가스가 숨쉬기 곤란한 공기의 주범인 것 같았다. 사람들은 산티아고가 산으로 둘러싸인 분지라는 지형적 조건을 가지고 있기 때문에 스모그 현상이 강화되는 거라고 했다. 하지만 사람들은 “낮은 목소리와 조심스런 침묵” 대신 매우 친절하고 밝고 활기찼으며 ‘사는 데 열정적’인 것처럼 보였다. 그만큼 시간이 흐른 것이다.

겨울에서 갑자기 여름으로 바뀐 기온 때문에 버스 안에서 옷을 하나씩 벗어 가방에 쑤셔 넣었다. 나는 버스기사에게 호스텔 주소를 보여주고 어디서 내려야 하는지를 물었다. 스페인어를 모르는 승객인 내게 버스기사는 종점에서 내려 택시를 타라고 조언했다. 하지만 정말로 불가피한 경우가 아니라면 여행지에서 택시를 타는 것 또한 내가 하지 않는 일 중의 하나다. 지나가는 사람들에게 물으니 “택시는 무슨… 걸어가면 된다”라는 답을 한다. 나는 등에 60리터짜리 커다란 도이터 배낭을 지고 앞으로는 25리터짜리 작은 배낭을 메고 걷기 시작했다. 걷는 건 2014년 스페인의 순례자길을 걸은 이후 웬만큼 자신이 있었다. 남들처럼 빠르게 걷지는 못해도 천천히 오래 걸을 수는 있었다. 그렇게 30분 정도 걸어 숙소에 도착했다. 34시간의 이동 후에 오는 피로감은 그들이 내준 커피 한 잔에 가벼워졌고 체크인 시간 이전인데도 샤워를 허락해준 호스텔 측의 너그러움에 금세 잊혔다. 뒷마당의 흡연공간도 마찬가지였다. 모든 게 좋았다.

빅토르 하라를 찾아서

다음 날 호스텔에서 받은 커다란 지도 한 장을 들고 시내로 향했다. 나는 방향치라 지도를 들고도 반대 방향으로 걷는 사람이다. 세상은 무조건 내가 서 있는 상태를 중심으로 돈다. 내가 어느 방향으로 서 있든 오른쪽이 동쪽이고 왼쪽이 서쪽이라 생각하는 것이다. 우연히 그 방향이 일치하면 다행이지만 알다시피 그런 일은 매우 드물게 일어난다. 다행히 자신의 상태가 그렇다는 건 알아서 사전에 사람들에게 수시로 물어보는 것으로 방향을 잡는다. 길은 비교적 단순했고 나 같은 길치도 크게 헤매지 않고 시내까지 걸어갈 수 있었다.

산티아고 시내에서 가장 충격을 받은 건 마포초 강이다. 시내를 관통해 흐르는 그 강은 폭은 그리 넓지 않지만 물 빛깔이 황톳빛이고 유속이 어마어마하다. 몇 초 바라보는 동안에도 현기증이 인다. 비가 오기 전의 천둥 같은 소리를 내며 흐르는 황색 강물을 사이에 두고 돌로 된 둑이

양쪽으로 높이 쌓여 있다. 강 옆으로 자전거를 타는 시민들이 보인다. 나는 그들이 어지럼증을 느끼지 않고 역방향으로 자전거를 타는 것에 놀라움을 느낀다. 강을 따라 단단한 철골 구조의 다리들이 이어진다. 계속되는 지진에도 끄떡없었다는 다리다. 어떤 다리에는 세계 어디에서나 볼 수 있는 연인들의 사랑의 자물쇠가 겹겹이 쌓여 두터운 철문처럼 보였다. 군사 쿠데타 시절, 군인들에 의해 살해된 사람들의 시체가 마포초 강을 따라 둥둥 떠다녔다고 한다. 그때도 지금과 같은 유속임을 가정한다면 시체들은 금세 강 하구로 쓸려 내려갔을 것이다. 나는 몰려오는 현기증 때문에 강을 오래 바라보지도 못하고 발길을 돌린다.

칠레에 가면 제일 먼저 빅토르 하라의 흔적을 찾아보리라 마음먹었다. 대학을 졸업한 직후인 1989년-1990년 즈음, 한참 노래 운동에 빠져 있을 때 그에 관한 책을 읽은 적이 있다. 그는 칠레 민중가요의 대표적인 인물로 피노체트가 군사 쿠데타를 일으켰을 때 죽임을 당했다. 내가 노래 운동 단체에 들어가 활동을 했을 때는 인터넷도 없고, 당연히 유튜브 같은 것도 없을 때라 선배가 어렵사리 구해준 그의 노래를 들으며 칠레 민중가요의 면면을 상상하곤 했다. 그건 음반을 녹음테이프에 담아온 것으로 음질은 형편없었다. 스페인어를 알 리도 없으니 노래의 의미도 모르고 들었다. 그런데 1988년에 한길사에서 〈끝나지 않은 노래〉라는 책이 번역되어 나왔다. 그 책을 쓴 조안 하라는 빅토르 하라의

"Cuando voy al trabajo
pienso en ti por las calles
del barrio pienso en ti
..Cuando miro los rostros
tras los vidrios empañados,
sin saber quienes son donde
van pienso en ti, compañera
de mis días y del porvenir"

아내다. 그 책을 읽으며 민중의 삶과 애환을 담은 노래를 만들고 사회를 바꾸고자 했던 그의 생애에 감동했었다.

빅토르 하라는 1932년생이다. 술주정뱅이로 툭하면 아이들을 패던 아버지, 식당에서 새벽부터 밤까지 노예처럼 일하면서도 아름답고 강렬한 목소리로 노래를 부르곤 하던 어머니, 그리고 어릴 때부터 잔심부름으로 돈을 벌며 공부하던 착하고 조용하며 독립심이 강한 아이 빅토르 하라. 뭔가 아주 고전적이고 전형적인 스토리가 나올 것만 같지 않은가. 옆방 청년에게서 우연히 배우게 된 기타, 15세가 되던 해에 맞은 어머니의 죽음, 성직자가 되고 싶었던 소년은 연극 쪽으로 방향을 틀고 칠레 유일의 연극학교였던 국립 칠레 대학의 부설 연극학교에 입학하는데 그곳에서 아내가 될 조안 하라를 만난다. 조안은 당시에 그 연극학교의 선생으로 와있던 영국인이었다. 선생이자 유부녀였던 그녀와의 운명적 사랑, 그리고 새로운 라틴 아메리카의 노래 운동, 남미에까지 뻗친 1968혁명의 기운을 받아 그는 사회주의 사상에 매료되었고 정치적 변혁에의 열망을 갖게 된다. 그리고 1970년 대통령 선거, 마르크스주의자들, 기독교 인사들, 사회민주주의자들, 진보적 재야인사들이 함께 모여 조직한 '인민연합' 의 후보 살바도르 아옌데의 당선, 축제와 같았던 정치 실험, 3년 뒤에 일어난 군부 쿠데타, 그리고 체포, 처형…

한편의 강렬한 영화를 본 것 같은 그의 생애는 젊은 시절 내 기억에 단단하게 각인되었다. 그가 죽은 지 43년이 지난 시점이지만 나는 여전히 칠레에서 그의 흔적을 볼 수 있으리라 믿었다. 제일 먼저 그의 무덤을 찾아 나섰다. 무덤이라고? 여행을 다니면서 누군가의 무덤을 찾아다니는 일을 한 적이 별로 없다. 우연히 공동묘지를 보면 들어가기도 하지만 부러 누군가의 묘지를 찾아 나선 적은 없다. 그런데 이번엔 제일 먼저 묘지를 찾아 나선 것이다. 묘하게도 그의 묘지를 보면 알 수 있을 것 같았다. 사람들이 그를 어떻게 생각하는지를…

산티아고 북쪽의 공립 묘지를 찾아가는 길. 숙소에서 묘지까지 걷는다. 여름 땡볕이었고 서서히 얼굴이 달아오르기 시작한다. 처음부터 알고 걸은 건 아니다. 지도상으론 걸을 만 해 보여서 걷기 시작한 거였다. 하지만 가도 가도 끝이 안 보인다. 중간에 포기하고 싶어졌으나 거기까지 간 게 억울해서 끝까지 걷는다. 그런데 묘지 안에 들어선 이후 그의 무덤을 찾을 수가 없다. 묘지의 크기가 상상 이상이다. 자기들 나름의 체계로 길을 냈을 텐데 이방인인 내 '감'으로는 길 찾기가 쉽지 않다. 수도 없이 길을 묻고 또 묻는다. 알려주는 사람마다 다른 방향을 가리킨다. 그러다가 만난 알렉산드리아라는 이름의 아가씨. 그녀는 아버지와 함께 몇 해 전 돌아가신 엄마의 무덤을 찾아왔다가 나를 만났다. 그 부녀가 땡볕 아래 30분 넘게 헤매며 빅토르 하라의 무덤을 찾아 주었다.

(그렇다. 칠레인인 그들도 빅토르 하라의 무덤을 찾기 위해 30분 넘게 헤매야만 했다. 그러니 나 혼자였다면 영영 찾지 못한 채 그냥 돌아왔을지도 모른다)

무덤에는 웃는 그의 얼굴이 새겨진 동판 뒤로 누군가 그린 그의 초상이 놓여있다. 아직 시들지 않은 꽃들이 유리병에 한 송이씩 꽂혀 있다. 주변을 둘러보는데 가슴이 찌르르해진다. 무덤 주변에 수많은 오브제들이 저마다 빅토르에 대한 기억과 애정을 드러내고 있는 것처럼 보였기 때문이다. 기타도 한 대 놓여있다. 그의 흑백 사진을 담은 액자도 보이고 목걸이, 팔찌, 장난감, 인형, 메모지 등 저마다의 손때가 묻은 온갖 물건이 무덤 주변을 에워싸고 있다. 너무 많아서 그가 감당하기에 힘든 것처럼 느껴질 정도다. 사람들은 이 커다란 공동묘지의 구석에 박혀 있는 빅토르 하라의 묘지를 찾아와 몸에 지니고 있던 물건을 꺼내 놓으면서 그의 죽음을 애도하고 자신들의 희망을 걸었을 것이다. 나도 차고 있던 세월호 팔찌를 빼서 무덤 앞에 놓았다. '무겁겠지만 내 것도 받아줘요. 당신이 꿈꾸던 세상에는 우리의 꿈도 들어 있을 거예요' 나는 내가 오기 전 무수히 왔다 간 사람들의 체온을 느낀다. 빅토르 하라를 기억하는 사람들, 그와 함께 더 나은 세상을 꿈꿨던 사람들의 체온.

ESTADIO
VICTOR
JARA
CHILEDEPORTES

빅토르 하라의 생애를 담은 책에서 조안 하라는 그의 차가운 시신과 만났던 순간을 다음과 같이 쓴다.

"그것은 빅토르였다. 여위고 수척해 보이긴 했지만 그이였다. 그들이 당신에게 무슨 짓을 했기에 단 일주일 동안에 이렇게까지 사그라졌단 말인가? 빅토르의 머리에는 상처가 나 있고, 턱에는 끔찍스런 피멍이 들어 있었지만, 두 눈은 아직도 뜬 채로 치열한 저항의 빛으로 저 앞을 바라보고 있는 것처럼 보였다. 그의 옷은 온통 찢겨 있었다. 바지는 발목에 휘감겨 있었고, 스웨터는 마구 구겨진 채 겨드랑이까지 말려 올라가 있었다. 푸른빛 바지는 칼이나 총검으로 마구 찢은 듯 조각조각이 되어 엉덩이 주위에 매달려 있었다. 그의 가슴에는 총알구멍이 마구 나 있고 복부에는 커다란 상처가 입을 벌리고 있었다. 두 손은 팔목을 부러뜨렸는지 이상한 각도로 두 팔에 매달려 있었다. 그러나 그것은 분명 내 남편이며 내 사랑하는 사람인 빅토르였다."[2]

다음 날 그가 처형당한 장소인 에스타디오 칠레를 찾아 나섰다. 지하철 '유니온 라틴 아메리카나' 역에서 왼편으로 가면 나온다. 주변은 정신을 홀딱 빼놓는 정신없는 상가인데 이상하게도 그곳만 조용하다. 고개를

---

2) 빅토르 하라. 아름다운 삶, 끝나지 않은 노래. 조안 하라 지음. 차미례 옮김, 삼천리, 2008, 435-436쪽

돌리는 순간 빅토르 하라의 얼굴이 새겨진 커다란 간판이 보인다. 아, 저기구나, 하는 순간 가슴이 쿵, 내려앉는다. 선뜻 발걸음을 떼지 못하게 하는 장면과 만난 것이다. 웃는 그의 얼굴 아래로 건물 벽을 따라 노숙자들의 매트리스가 늘어서 있다. 칠레 전역 어디에 가나 볼 수 있는 그라피티도 그곳만은 유난히 지저분한 낙서로만 느껴진다. 냄새 때문이다. 지독한 지린내다. 서울역이나 을지로 입구, 용산역 쪽에서 한밤에 노숙자들이 늘어서 잠을 자는 모습을 보았을 때의 충격과 조심스러움이 되살아난다. 나는 감히 그곳을 지나가지도 못하고 담배 한 대를 피워 문다. 사진 찍기도 미안한데 저길 어떻게 지나가나… 한참을 그렇게 서성이다 용기를 내서 길 안쪽으로 들어선다. 냄새는 더욱 콧속을 파고든다. 노숙자들이 습기로 얼룩진 더러운 매트리스 위에서 아직 잠을 자고 있다. 가난이 계속 대물림 되는 세상을 바꾸기 위해 노래를 만들고 문화 운동을 하다가 군부에 의해 죽임을 당한 빅토르 하라의 얼굴 아래서 가난한 이들 가운데 가장 가난한 사람들이 자고 있었다.

에스타디오 칠레는 닫혀 있다. 그 어디서도 안쪽으로 가는 문을 찾을 수가 없다. 나는 건물을 빙 돌아 천천히 걷는다. 중국인이 주인인 듯한 가게들이 건물의 벽을 따라 늘어서 있다. 셀 수 없이 많은 노점상들이 그 앞에 자리를 잡았다. 만 원도 하지 않는 허접한 옷들과 싸구려 장신구와 장난감, 온갖 짝퉁들도 넘쳐난다. 그나마 돈이 좀 있는 사람들은 가게에

Confort

세를 얻어 장사를 할 수 있지만 아무런 생산 수단을 지니지 못한 사람은 길거리에 보자기를 깔고 싸구려 물건을 떼어다가 펼쳐놓을 수밖에 없다. 길을 지나다니기 힘들 정도로 인도는 그런 노점상들로 가득하다. 그리고 그 사이를 곡예라도 하듯 짐을 싣고 오가는 리어카며 자전거가 정신을 쏙 빼놓는다. 가슴이 저릿해 온다. 울음이 터질 것 같은 심정을 애써 털어버린다.

군부는 쿠데타에 성공한 이후 빅토르 하라의 노래를 금지시켰다. 사람들은 그의 노래를 듣거나 부를 수가 없었다. 그래서일까? 내가 만난 사람들 가운데 '빅토르 하라' 라는 이름을 기억하는 사람들은 많았지만 그의 노래를 부를 수 있는 사람은 거의 없었다. 라 세레나에서 만난 50대 중반의 여인 로레인이 유일했다. 히피처럼 길게 헝클어진 머리카락, 헐렁하게 늘어진 티셔츠에 출렁이는 귀걸이, 커다란 배낭을 짊어진 그녀는 나이를 무색하게 하는 젊은 에너지를 뿜어내고 있었다. 매년 전국을 떠돌며 캠핑 여행을 한다고 했다. 이번에는 손녀와 함께다. 그녀는 그 자리에서 빅토르 하라의 노래를 불렀다. 나는 그녀가 부른 노래가 무엇인지 모른다. 하지만 어쩌면 이 노래였을지도… 빅토르 하라의 노래가 공식적으로 금지되었을 때 누군가 목숨을 걸고 영화의 배경음악으로 깐 적이 있다는 그의 노래, 〈농부의 기도〉 같은 노래.

'일어나라 저 산맥을 바라보라
바람과 태양과 물의 원천을
강물의 흐름을 바꾸는 그대
너의 영혼의 이랑에 씨를 뿌리는 그대여, 일어나라
너의 두 손을 바라보라
너의 형제들에게 손을 내어주고 함께 자라나라
피로 뭉친 우리는 함께 나아가리니
오늘은 우리의 미래를 만들어 가는 날
우리를 비참함 속에 가두어 두는 주인의 손에서 해방시키고
정의와 평등의 나라가 임하시며
바람이 높은 산길에서 들꽃을 바람에 날리게 하듯
우리에게 불어오시며
불처럼 내 총의 총구를 깨끗이 해주시며
당신이 이 땅에서 마침내 뜻을 이루시듯
우리에게 힘과 투쟁할 용기를 주옵소서 아멘'

'제1회 칠레 새 노래 페스티벌' 에서 빅토르 하라가 만들고 불러서 수상을 차지한 노래다. 이것을 계기로 그는 연극보다 음악 운동에 몰두하게 되었고 노래 운동은 매스컴에서 무시하지 못할 정도로 대중적인 성공을 거두게 되었다.

조안 하라가 쓴 책에 의하면 빅토르 하라가 다른 많은 사람들과 함께 체포되어 에스타디오 칠레에 수용되어 있었을 때 그를 알아본 장교가 이성을 잃고 “지금 노래를 해. 할 수 있거든 노래를 해 보란 말이야, 이 자식아!” 하고 외치자 나흘 동안 모진 고통을 겪은 빅토르가 노래를 부르기 시작했다고 한다. 그때 그가 부른 노래가 인민연합의 노래 〈우리 승리하리라(스페인어로 ‘벤세레모스’)〉다. 나는 그 노래를 칠레 여행을 준비하면서 외웠다. 물론 가사를 다 외우지는 못했고 중요한 대목인 ‘벤세레모스’ 라는 단어가 들어가는 첫 소절의 가사와 전체 멜로디를 외웠다. 내가 그 노래를 부르면 사람들은 갑자기 환하게 웃곤 했다. “어떻게 그 노래를 알아?” 여행지에서 사람들과 마음을 트는 최고의 방법은 그 나라의 노래를 부르는 거라는 걸 나는 알고 있었다. 그래서 칠레로 떠나기 전에 ‘그라시아스 알 라 비다(생에 감사해)’ 와 ‘에레스뚜(당신은)’, 그리고 ‘벤세레모스(우리 승리하리라)’ 를 외우려고 애를 썼다. 결과적으로는 겨우 노래의 첫 소절만을 할 수 있는 정도였으나 멜로디는 다 할 줄 알았다. 그건 매우 탁월한 전략이었다. 사람들은 내게 빠르게 호감을 보였고 악수를 건넸으며 헤어질 때 볼을 맞대며 ‘쪽’ 소리를 내는 친밀한 인사를 해주곤 했다.

그가 죽은 지 43년이나 지난 시점이있으나 칠레 전역에서 빅토르 하라의 흔적을 찾는 건 그리 어렵지 않았다. 곳곳에서 그의 얼굴을 그린

pirata

그라피티를 볼 수 있었고 식당에선 그의 초상화와 마추픽추에서 판초를 휘날리며 기타를 치고 있는 사진이 걸려있기도 했다. 빅토르 하라는 '예술가란 현실을 초월한 작품을 만드는 데 주력하는 것보다, 집을 지을 때 쓰는 못이나 기계에 치는 윤활유 몇 방울처럼 유용하게 쓸 수 있는 작품을 만들어 내는 장인이 되어야 한다' 고 믿었다. 그의 곡이 '바로 쓸 수 있는 도구' 였기 때문일까? 짐작대로 사람들은 여전히 그를 기억하고 있었지만 그의 노래를 기억하는 사람은 거의 없었다. 군부독재 시절 내내 그의 노래가 금지곡이었기 때문이기도 했겠지만 현실적 기반이 변했기 때문이기도 했을 터였다.

산티아고 시내에서 제일 정신없고 위험한 동네는 빅토르 하라가 죽은 에스타티오 칠레에서부터 고속버스터미널에 이르는 길이다. 그 길을 걷는데 지나가는 사람들마다 내 목에 걸린 카메라를 가리킨 후 자기 눈을 가리킨다. 조심하라는 의미다. 내게 가까이 와서 친절하게 말을 해주고 가는 사람도 있다. 스페인어를 몰라도 그의 말을 이해할 수는 있다. "여기는 위험하니 카메라는 가방 안에 넣어두고 걸어라"는 의미다. 그런 말을 하도 들으니 점점 긴장되기 시작한다. 사진을 찍는 일은 순간이라 카메라를 가방 안에 넣어두면 그걸 꺼내려고 어물쩍거리는 사이 장면은 지나가 버린다. 그러니 카메라는 늘 손에 들고 있어야 하는데 그걸 넣어 두라니… 하지만 나중에 나는 카메라를 가방 안에 넣고 다녔다. 그럴 수밖에 없는 상황이 벌어졌기 때문이다.

생에 감사해

산티아고의 공립 묘지에는 빅토르 하라의 무덤 외에 비올레타 파라의 무덤도 있다. 빅토르 하라의 무덤이 보통 사람은 찾을 수 없는 구석에 꽁꽁 숨겨져 있던 데에 반해서 비올레타 파라의 무덤은 커다란 기념 조각 건너편에 있어서 누구나 쉽게 찾을 수 있다. 무덤을 둘러보다가 다리가 아파서 쉬던 중 사람들이 가족 단위로 꽃을 들고 찾아와서 머물다 가는 무덤을 발견했다. 궁금해서 가보니 비올레타 파라의 무덤이다. 꽃병에는 아직 시들지 않은 생화가 꽂혀 있다. 무덤을 둘러본 후 나무 그늘에서 쉬고 있는 동안에도 사이좋아 보이는 모녀가 무덤 앞에 꽃을 놓고 오래도록 이야기를 나누고 있었다. 우리에게는 생소한 이름이지만 그녀는 사실 칠레에선 굉장히 유명한 사람이다. 지나가는 사람 누구나 붙잡고 비올레타 파라를 아느냐고 물으면 100퍼센트 고개를 끄덕일 것이다. 그녀가 만든 노래도 마찬가지다. 아니, 칠레를 넘어 남미 전체에서 그녀의 노래를 모르는 사람을 찾아보기 힘들 것이다. 이건 결코 과장이 아니다.

많은 사람들이 메르세데스 소사가 부른 '그라시아스 알라비다(생에

감사해)'를 기억하고 있을 것이다. 그 노래를 만든 사람이 비올레타 파라다. 나는 그녀의 흔적을 찾아 카르멘 거리 340번지를 찾아 나섰다. 그곳은 1964년에 그녀가 운영했던 페냐가 있었던 곳이다(페냐는 스페인어로 '작은 친구들의 모임'이라는 뜻인데 일종의 소극장처럼 공연을 하던 장소로서 당대 음악 운동의 중심이 되었다). 설마 페냐가 아직까지 남아있기야 하겠냐마는 그 흔적만이라도 보고 싶었다.
건물은 쉽게 찾았으나 비올레타 파라의 흔적을 찾으려면 건물 안쪽으로 들어가야 한다. 대문에는 어떤 표식도 없으므로 우연히 그 장소를 발견할 가능성은 전혀 없다.

대문 안으로 들어가 중정을 지나 복도를 따라가니 한 방문 옆에 작은 명패 하나가 겨우 붙어있다. 건물의 용도도 파라와는 상관이 없고 그곳에서 일하는 사람들도 파라와 관련된 사람은 없었다. 사무실로 쓰고 있는 방의 벽에는 비올레타 파라가 그렸다는 그림들이 걸려있지만 그 공간은 칠레 문화 운동의 역사와 아무 상관없는 곳이다. 허무하다. 영어로 된 안내 책자라도 있을까 싶어 물어보니 카르멘 가 227번지로 가서 한스 슈스터라는 남자를 찾으라 한다. 그런데 그게 또 녹록하지 않았다. 산티아고에서는 번지수만 가지고 집을 찾는 게 쉽지 않다는 걸 알게 되었다. 237번지 옆에 뜬금없이 219번지가 있고 그 앞은 200이다. 그게 끝이다. 어디를 둘러봐도 227번지가 보이지 않는다. 땡볕에 돌아다니다 힘이 빠져서 근처 카페에 들어가 물어보는데 마침 커피를 사고 있던 어떤 여자가 내가 들고 있는 쪽지를 보더니 한스 슈스터를 안다고 말한다. 어쨌든 큰길을 건너니 아무 맥락 없이 갑자기 227번지가 나타난다. 하지만 한스 슈스터라는 남자는 만날 수가 없었다. 출장을 가버렸기 때문이다. 나를 도와준 그녀와 작별하고 터덜터덜 걷다가 비올레타 파라의 박물관을 지나치게 되었다. 이것도 우연이다. 찾는 자, 복이 있으리니…

나는 산티아고에 비올레타 파라 박물관이 있다는 사실도 몰랐다. 그 규모가 너무나 커서 당황했다. 입구에는 그녀가 쓴 노래 가사들이 황색 종이에 인쇄되어 벽면에 가득 붙어 있었다. 그 중엔 당연히 그녀의 대표곡인 〈생에 감사해〉의 가사도 있었다.

메르세데스 소사가 말년에 부른 노래는 특히나 감동적인데 파란만장한 인생을 산 여인의 담담한 표현력 덕분이다. 1935년생인 이 가수는 1962년에 데뷔 앨범을 낸 이래 아르헨티나의 민요를 불러 세계에 이름을 알리기 시작했다. 빅토르 하라처럼 누에바 칸시온Nueva Cancion 운동에 참여하여 활동하다가 군사 독재가 시작되면서 1979년에 프랑스로 망명했다. 1982년이 되어서야 그녀는 겨우 고국으로 돌아갈 수 있었다. 우리나라에도 그녀를 좋아하는 사람이 많이 있지만 콘서트에 가본 사람은 별로

MUSEO VIOLETA PARR

MUSEO
VIOLETA
PARRA
VISÍTENOS
Martes a Domingo
09:30 a 18:00 Horas

없을 것이다. 나는 그녀를 콘서트에서 실제로 보고 노래를 들은 행운을 누린 몇 안 되는 사람이다. 1992년, 베를린에서 유학 중이었던 나는 마침 베를린에서 열린 그녀의 공연에 갈 수 있었다. 음반으로만 듣던 노래의 가수를 실제로 보았다는 감격을 지금도 기억한다. 결코 짧지 않은 시간 동안 내내 서서 봐야 하는 공연이었지만 나는 열광했고 다리가 아팠다는 기억은 남아있지 않다. 2009년에 한국 공연을 앞두고 갑작스레 그녀의 사망 소식을 접했다. 아르헨티나의 대표적인 목소리이자 그 나라의 새 노래 운동의 기수가 메르세데스 소사라면 칠레의 민속음악을 수집하고 널리 알렸으며 민중들의 현실과 마음을 담은 노래를 만들고 불렀던 칠레의 누에바 칸시온의 초석을 다진 인물은 바로 비올레타 파라이다.

박물관은 넓고 편안하게 구성되어 있다. 나는 비올레타 파라가 싱어송라이터일 뿐만 아니라 화가이자 태피스트리 작가이기도 하다는 걸 알게 되었다. 박물관에는 그녀의 그림과 태피스트리 작품들, 그녀가 쓰던 기타, 사진과 각종 자료들이 있다. 그림보다 태피스트리가 눈에 띈다. 대담한 구성과 색채, 민속적인 형태미를 현대적으로 변용한 훌륭한 예술작품이다. 떠돌이 음악가와 시골 마을의 아낙들과 아이들을 묘사한 태피스트리는 형태가 단순하면서도 상징적이지만 현실에 구애받지 않고 시공간을 자유롭게 넘나드는 구성을 하고 있다. 하지만 여기서도 사진 촬영은 전면 금지다. 아무리 사정을 해도 통하지 않는다. 로비에 은색 나무 몇 그루가 있는데 그 나무를 껴안고 귀를 대면 그녀의 노래가 들린다. 그런 전시 방식도 독창적이고 마음에 든다. 오직 핸드폰 사진만 허용하는데 그것을 가지고는 책에 쓸 수가 없다. 아쉽다.

잊지 않겠다는 약속

산티아고에는 'Museo de la Memoria y Los Derechos Humanos' 라는 박물관이 있다. 번역하면 '기억과 인권 박물관' 정도가 될 것이다. 호스텔이 시내로부터 좀 떨어져 있는 곳이었는데 역설적이게도 내가 가고픈 곳들과는 가깝게 있어서 웬만한 곳은 다 걸어 다녔다. 이곳도 걸어서 갈 수 있는 곳이다. 거대한 콘크리트 외관으로 되어 있는 박물관인데 땡볕에 지친 사람들의 휴식처가 될 수 있을 것만 같다. 그런 마음으로 들어갔다가 예상치 못한 전시품들과 마주쳐 당황한다.

이곳에는 칠레의 어두웠던 군사 독재 시절의 모든 기록이 담겨있다. 1층 로비에는 전 세계에서 벌어진 잔혹한 학살과 정치적 억압의 기록물, 수많은 고문과 폭력 희생자들의 참혹한 장면이 그것을 기억하려는 다양한 기념 조각이나 사진과 함께 전시되어 있다. 벽에는 1970년 칠레의 사회주의 정권 수립과 함께 깃발을 들고 행진하는 사람들의 사진이 벽면 전체에 걸쳐 커다랗게 보인다. 그 옆으로 3층까지 이어지는 벽 전체에 실종자와 희생자 사진이 하나씩 액자에 넣어진 채로 설치 예술가 볼탄스키의 작품처럼 전시되어있다. 사람의 키를 넘어서는 수많은 사진들을 자세히 보려면 2층, 3층으로 천천히 올라가야 한다. 그 사진들 앞으로 발코니처럼 쑥 나와 있는 공간이 있어서 사람들은 희생자들의 얼굴과 마주할 수가 있다. 그곳에는 촛불이 켜있고 두어 사람 앉을 수 있는 작은 의자가 있어서 그들을 추모하는 공간의 역할을 하고 있다.

사진 속 수많은 눈동자가 앞을 바라보고 있다. 공간을 울리는 조용한 노랫소리, 흐느낌, 과거를 회상하는 떨리는 목소리, 그리움과 기다림과 분노와 기대와 침묵이 뒤섞인 공간을 응시하는 수많은 눈동자들. 나는 의자가 있지만 앉지 못하고 난간에 기대어 서서 사진 속 시선과 눈을 맞춰보려고 애써본다. 지구 반대편에서 있었던 일이고 어쩌면 나와는 상관없는 일이다. 그런데도 가슴이 떨린다. 나는 그들의 눈을 제대로 바라보는 일이 힘들다는 걸 깨닫는다. 그렇게 끌려가서 모진 고문을 당하고, 목숨을 잃고, 오래도록 침묵을 강요당하며 살았던 결과가 오늘의 현실이라고 할 때 그대들은 지금의 현실에 대하여 어떤 생각을 하고 있을 것인가? 나는 사람들을 만나보고 싶었다. 사는 모습을 보고 그들의 생각을 들어보고 어떤 미래를 꿈꾸고 있는지 알고 싶었다.

2층은 피노체트 시절 고문의 기록과 생존자들의 인터뷰 영상이 수많은 모니터를 통해 돌아간다. 끔찍했던 기억 때문에 말을 하면서도 떨고 눈물을 참는 사람들의 모습이 생생하게 그대로 담겨 있다. 당시를 기록한 영상뿐만 아니라 서류들도 전시되고 있다. 그리고 군사 쿠데타 발생일의 기록 영상물도 볼 수 있다. 실종된 가족을 찾으려는 사람들의 필사적이고도 애처로운 노력. 고문 반대 데모. 민중음악의 기록과 음반들을 볼 수 있는 곳이기도 하다. 독재를 끝내려는 사람들의 선거 보이콧 영상. 'No' 라고 말하라는 힘찬 노래와 정치적 선전 노래. 그리고 드디어 독재가 끝났을 때 거리로 뛰쳐나와 국기를 흔들며 샴페인을 터뜨리는 사람들의 즐거운 모습이 보인다. 그런데 그 영상 앞에서 갑자기 눈물이 흐른다. 나는 당황한다. 남의 나라 일인데, 그들의 지나간 과거인데 나는 왜 우는 것일까? 내 심리가 어떻게 흐르고 있는지 자신도 감지하지 못한 채로 한참을 운다.

박물관은 매우 훌륭하다. 전시 방식이나 공간 배분, 예술작품과 기록물을 결합하는 방식에 있어서 모범을 보인다. 유감스러운 점도 있다. 오직 스페인어로만 되어 있기 때문이다. 간혹 기록 영상에 영어 자막이 나오기도 하지만 그런 건 별로 없다. 다행히도 전반적인 흐름을 이해하는 데에는 큰 무리가 없다. 이 박물관은 '기억' 박물관이지만 역설적이게도 '기억' 의 가장 좋은 매체인 사진을 촬영하는 것을 허락하지 않는다. 그래서 내가 개인적으로 훌륭하다고 생각하는 이 박물관의 전시 모습을

MU
CEDOC

MEMORIA Y LOS DERECHOS HUMANOS

시각적으로 보여줄 수가 없다. 이건 확실히 불만스럽다. 내 불만을 들은 박물관 관계자가 설명해준다. 그들의 설명이 설득력이 있다. 여기에 전시된 건 실제 희생자들의 기록이다. 고문을 당했던 사람 중 많은 수가 여전히 생존해 있고, 이미 죽은 이들의 가족이나 그들을 사랑했던 이들도 여전히 살아 있다. 그들의 아픔에 공감한다면 함부로 사진을 찍어 여기저기 유포할 수가 없을 거라는 설명이다. 나는 수긍한다. 사진 찍게 해달라고 조른 자신이 부끄러워진다. 로비나 전체적인 공간 사진은 좀 허락하지 싶다가도 그게 통제하기 힘든 일이라는 걸 금세 알아챘다. 사람들은 '전체 사진' 을 찍겠다고 하면서 그들의 욕망대로 카메라 렌즈를 조절할 것이다. 멀리 갈 것도 없다. 내가 그렇다. 나는 '밖을 향한 사진' 만 허용한다는 네루다 박물관에서 줌 렌즈를 조절하여 내가 원하는 피사체를 찍곤 했기 때문이다. 그래서 아쉽지만 이 '기억' 박물관의 결정에 공감할 수밖에 없었다.

박물관을 나와 보니 벽을 따라 뒤편에 카페가 하나 있다. 참새 방앗간이다. 칠레에선 박물관이 거의 무료이고 입장료를 받는다고 해도 우리나라 돈으로 겨우 1천8백 원 정도다. 그리고 다른 곳보다 박물관이나 미술관 카페의 커피값이나 음식값이 비싸거나 하지 않다. 땡볕이 내리쬐는 마당으로 선뜻 나가기 무서웠는데 시원한 그늘 밑의 야외 테이블에 앉아 커피 마시며 쉬기로 한다. 멍하니 앉아서 갑자기 전시장 안에서 운

221

이유를 생각한다. 몸이 먼저 반응을 한 건데 그 이유를 모를 때의 답답함이 몰려온다. 우리나라도 군사 독재 시절을 겪었지만 이미 한참이나 세월이 지났는데… 그런데 바로 이 지점에서 탁, 걸린다. 정말로 끝난 일이 아니기 때문이다. 그때의 인물들이 현재를 지배하고 있기 때문이고 그때의 폐단이 지금 대한민국을 뒤흔들고 있는 국정 농단이라는 혼란의 주범이기 때문이다. 우리는 끝난 게 아니었고 끝내려고 수많은 사람들이 노력하는 중이었으며 그러므로 여전히 현재진행형이었다. 그래서 독재가 끝나고 춤을 추는 그들의 영상을 보면서 나는 울었던 것이 아닐까…

미안해, 안드레아

호스텔의 스텝은 몇 명이 돌아가면서 일을 하는데 그 가운데 안드레아가 있다. 긴 갈색 머리에 갸름한 얼굴의 그 아가씨는 볼리비아 출신으로 영어를 잘 하고 게스트들에게 유독 상냥하다. 한국에서 가지고 간 라면을 끓여 먹기 위해 부엌으로 가서 크기에 맞는 냄비를 찾는데 안드레아가 보더니 "라면이에요?" 라고 정확한 한국말로 묻는다. "한국말 할 줄 알아요?" 라고 물으니 K-Pop을 좋아하고 한국 드라마의 팬이라서 드라마를 통해 한국말을 배웠다고 한다. 그녀는 내가 한국 사람인 걸 알고는 그때부터 나를 볼 때마다 자신이 알고 있는 한국어를 더듬더듬 말하기 시작한다. 나는 가지고 있던 라면을 하나 더 꺼내어 두 개를 끓여 그녀와 나누어 먹는다. 그녀는 한국 배우 중에서 이민호를 "싸랑"한다며 언젠가 한국에 가서 일할 수 있게 되기를 희망한다고 말한다.

2016년의 마지막 날, 호스텔에서는 파티를 했다. 1만 페소를 내면 바비큐 파티와 끝없이 리필되는 맥주와 와인을 마실 수 있는 이벤트다. 파타고니아 출신의 호스텔 주인이 직접 고기를 굽고 원주민 아주머니가 샐러드와 감자 요리 등을 준비한다. 숙박객 중에 브라질에서 온 남자 셋이 분위기를 띄운다. 그들은 한국 사람과 비슷한 방식으로 술을 마신다. 끊임없이 건배를 외치며 술 마시기를 권유하고 우스운 농담을 지어낸다. 오랜 기다림 끝에 스테이크 접시가 채워지자 한 청년이 내게 귓속말을 한다. "이게 고기냐? 고무줄이지. 칠레 소고기는 정말 최악이야. 고기는 브라질이나 아르헨티나가 최고야. 꼭 브라질에 놀러 가보도록 해. 최고의 스테이크를 먹을 수 있을 거야." 그가 그렇게 불평하고 있는데 호스텔 주인이 와서 "고기 맛 어때?" 하고 물으니 엄지손가락을 치켜들며 "원더풀"을 반복한다. 나는 참지 못하고 웃음을 터트린다.

안드레아가 옆자리로 온다. 내게 칠레에 대한 인상이 어떠냐고 묻는다. "사람들이 믿을 수 없을 정도로 친절해서 감동했어."라고 대답하니 놀란다. 나는 그녀가 놀라는 모습이 더 놀랍다고 말한다. "아마도 네가 한국 사람이라 그런 모양이야. 잘 사는 나라 사람이잖아" 나는 그 말이 생소하다. 하지만 그 말은 사실일 거다. 그들에게 한국은 현대와 삼성의

나라. 실제로 거리에서 보이는 많은 자동차가 현대였으며 사람들마다 손에 들고 있는 핸드폰은 거의 모두 삼성이었다. "너는 나도 칠레인이라고 생각하겠지만 나는 볼리비아 사람이야. 너는 구분하지 못해도 우리 남미 사람들은 서로 금방 알아봐. 단어 몇 개 말하면 그가 어디 출신인지 알아차려. 내가 생각해도 놀라워. 그런데 칠레 사람들은 나 같은 볼리비아 사람들을 무시해. 가난한 나라이기 때문이야."

남미에서 오직 칠레만 목표로 여행하는 나는 다른 나라에 갈 계획도 없고 가보지도 못해서 그 말이 어떤 의미인지 잘 모른다. 하지만 네덜란드인 신혼부부가 1년 계획으로 남미 여행을 다니면서 겪은 이야기를 할 때 볼리비아에서 있었던 일을 언급했었다. 어떤 도시에서는 하루에 2-3시간만 물이 공급된다고 했다. 가난 때문에 집을 나온 아이들이 길거리마다 가득했다고 전한다. 물이 없는 나라를 여행한다는 게 너무나 힘들었다고 말을 하니 옆에 앉아 있던 안드레아가 "오, 나의 볼리비아. 그 가난한 나라가 바로 내 나라야."라고 작은 소리로 말했다. 그때 그녀의 눈에는 눈물이 글썽였다.

안드레아가 해피뉴이어를 한국말로 뭐라고 하는지 묻는다. 나는 "새해 복 많이 받으세요"라고 알려준다. 그녀가 따라 하는데 발음이 너무 어렵고 음절이 많아 어려움을 겪는다. 몇 번을 반복해도 따라 하지 못한다.

나는 답답한 마음에 "새해 복"까지만 가르치고 "줄임말"이라고 설명한다. 그녀는 만족한 듯 웃으며 "안녕하세요, 라는 말을 줄여서 안녕, 이라고 하는 것처럼 새해 복이라고만 말하면 되는 거지?" 하고 묻는다. 나는 그렇다고 자신 있게 고개를 끄덕인다. 그녀는 작고 예쁜 앵무새처럼 "새해복, 새해복" 하며 외운다. 그때는 이게 최선이라 생각했다. 하지만 여행이 중반을 넘어서던 어느 날 문득, 나는 안드레아에게 나머지 문장까지 제대로 알려주지 못한 게 떠올라 얼굴이 붉어진다. 누군가 한국 사람을 만나 "새해복"이라고 말하며 의기양양한 표정을 지을 걸 생각하니 미안해서 견딜 수가 없다. 그때 내가 왜 그랬을까 뒤늦은 후회다. 미안해 안드레아. 새해복은 줄임말도 뭣도 아무것도 아니야. 한국 사람 만나면 절대로 그 말 하지 마. 그냥 잊어버려.

뭔가 조짐이 이상해

심상치 않은 조짐은 여행 삼 일째 되는 날 이미 나타났다. 지나고 보니 그렇다는 말이지 당시에는 그게 서막일 줄은 꿈에도 생각하지 못했다. 산티아고에 머물면서 여기저기 돌아다니고 있을 때 갑자기 아무 이상 없이 잘 쓰던 카메라 렌즈의 줌이 작동이 안 되었다. 뭔가 툭 끊기는 것 같더니 요지부동이다. 대충이라도 움직이면 손으로 툭툭 쳐가며 사용하려 했는데 뻑뻑하게라도 움직이던 렌즈가 어느 순간 그대로 멈춰

버렸다. 다음 날은 라 세레나로 가기 위해 버스표를 사뒀기 때문에 만약 어딘가에 맡겨서 수리해야 한다면 곤란한 상황에 처하게 된다. 영어가 잘 안 통하는 칠레에서 시내로 나가 커다란 카메라 숍을 찾아내고 거기서 수리점을 알아내 겨우겨우 수리를 맡긴다. 줌을 조절하는 무슨 부품이 부러졌다고 했다. 말이 통하지 않아 수리점 아저씨가 영어를 하는 어떤 사람에게 전화를 해서 눈앞에 있는 아저씨와 내가 전화기를 통해 소통을 하는 웃기는 상황이 만들어진다. 다행히 3-4시간 안에 가능하다고 한다. 며칠 걸린다고 하지 않은 것만 해도 다행이다 싶어 72달러나 하는 수리비를 기꺼이 지불한다.

그리고 바로 다음 날, 12월 31일이었는데 거리에는 노란색 팬티를 파는 사람들로 가득 찼다. 새해를 맞는 행사 중 하나가 노란 팬티를 입는 거라는 걸 나중에야 알게 된다. 노란 속옷을 입고 새해를 맞으면 복을 받는다는 전통이 있다는 거다. 그것도 모르고, 예쁘지도 않은 노란 팬티를 줄서서 사 가는 사람들을 보면서 이 사람들은 죄다 노란 팬티만 입나 보다 하며 신기해한다. 평소에도 붐비는 거리가 연말이라 더욱 붐빈다.

갑자기 눈앞이 흐려지더니 얼굴 전체에서 물이 흐른다. 안경을 뒤덮은 걸쭉한 물은 입안에까지 흘러든다. 처음에는 새똥인가 싶었다. 하지만 챙이 있는 모자를 쓰고 있는데 새똥이 얼굴까지 덮을 수는 없는 노릇이다. 순간 정신이 번쩍 든다. 머릿속에서 경고음이 들린다. 이게 말로만 듣던 '침 뱉기 소매치기' 구나. 위기의 순간이 닥치면 내 머리는 컴퓨터보다 빨리 돌아간다. 주변을 살피니 키가 큰 남자가 나를 보고 가까이 온다. 나는 소리친다. "스탑. 거기 서. 가까이 오면 죽는다. 네 수법 다 아니까 허튼수작하지 마." 나는 최대한 침착하게 목소리를 깔고 그를 제지한다. 아마도 그의 주변엔 또 다른 사람이 지켜보고 있을 것이다. 내가 당황해서 우왕좌왕하면 그가 다가와 침을 닦아주고 도와주는 척하는 사이에 또 다른 사람이 가방에서 지갑을 빼가는 수법. 이미 남미 여행을 꿈꾸는 사람들이 만든 인터넷 카페에서 수도 없이 올라온 글을 통해 알고 있는 방법이다. 그는 내가 이미 자기 의도를 눈치챘음을 알아차린다. 그사이 나는 재빨리 가까이에 있는 옷 가게로 들어간다. 그는 따라 들어오지 못할 것이다. 안전공간을 확보한 후 가방 안에 있던 물휴지를 꺼내 안경과 얼굴을 닦는다.

그 순간 필요한 건 이건 침이나 더러운 게 아니라고 생각하는 거다. 이 많은 침을 소리도 안 나게 얼굴에 뱉을 수는 없다. 거품이 있어서 침이라고 생각하기 쉽지만 그 액체에선 냄새도 나지 않는다. (그렇다. 냄새까지 맡아보았다!) 그저 사람을 당혹스럽게 만들려는 수작일 뿐 이건 그저 물에 불과하다. 더러워서 구역질이 날 것 같은 마음을 다독이기 위해서는 논리적인 상황판단이 필요하다. 물휴지로 닦아내고 마른 휴지로 다시 닦아내면서 주변을 살핀다. 그들은 가고 없다. 나는 가던 길을 마저 간다.

두 번째 행운: 아프지 않았으면 알 수 없었을 일들

이름도 아름다운 '라 세레나'

산티아고에서 라 세레나까지는 버스로 6시간이 걸린다. 따로 요청하지도 않았는데 매표소에서는 2층 버스의 맨 앞자리를 주었던 모양이다. 우연히 얻어걸린 행운이다. 휴게소 개념이 없이 달리는 버스라서 좀 당황했으나 다행히 작은 종이팩으로 된 주스와 얇은 샌드위치를 나눠주어 배고픔을 면한다. 휴식도 없는 6시간 버스 여행이 괴로울 줄 알았지만 생각보다 할 만하다.

라 세레나는 아름다운 해변을 가진 바닷가다. 좌우로 시선을 가로막는

장애물 없이 펼쳐진 수평선을 바라보는 건 특별한 경험이다. 하지만 전형적인 휴양지 라 세레나에서 내가 받은 첫인상은 무엇보다 배고픔이다. 도착한 날은 1월 1일. 아뿔싸, 문을 연 식당이 하나도 없다. 심지어 구멍가게에서도 빵이나 샌드위치는 동이 났다. 겨우 찾은 한 레스토랑에서 시킨 샐러드는 염소도 안 먹을 것 같은 시든 풀 몇 잎 넣어놓고 만 원이나 해서 가뜩이나 심란한 내 속을 뒤집어 놓는다. 노을이 지는 아름다운 해변과 멋진 풍경이 있지만 배고픔을 잊게 하지는 못한다.

게다가 다음 날 알게 된 사실 하나. 라 세레나 버스터미널에서 숙소까지 이용한 택시의 기사는 8천 페소를 받았는데, 정상적으로 왔다면 걸어서도 15분이면 도착할 수 있는 거리이고, 3천 페소면 충분하다는 걸 나중에서야 호스텔 매니저를 통해 알게 되었다. 나를 태우고 시내를 빙빙 돌아왔던 거다. 게다가 더 억울한 건 같이 동승했던 아르헨티나 모자는 정상적으로 내려주고 나만 속여먹었다는 사실이다. 역시 언어가 결정적이다. 말을 모르면 더 속여먹기 쉬우니까. 재미있는 건 동승했던 아르헨티나인 여자는 내가 하는 영어를 조금 알아듣기는 하지만 말은 전혀 못했는데 그러면서도 나와 그 택시 기사 사이의 통역을 맡아줬다는 거다. 방법은? 기사와 스페인어로 이야기 한 후 내게 그 말을 천천히 스. 페. 인. 어로 반복해주는 거다! 그것도 너무나 진지하고 열심히. 어쨌든 나를 속여먹은 그 택시 기사는 그러고도 내게 명함을 주면서 필요하면 부르라고 했다. 나를 얼마나 호구로 봤으면 그랬을까 싶어 전화를 걸어 욕이라도 한바탕 퍼부어줄까 했지만 심 카드가 없어 그만둔다.

그럼에도 불구하고 내가 묵었던 Hostel El Arbo II는 정원이 어마어마하게 크고 아름다운 곳으로 가격 대비 절대 후회하지 않을 곳이었다. 정원에서의 아침 식사는 비록 인스턴트커피에 치즈도 없었지만 그것을 용서할 만큼 매력적이다. 해변까지 나가는 길은 포장이 되어 있지 않아 한번 나갔다 들어오면 먼지로 허옇게 되지만 그걸 감수할 정도로 괜찮은 곳이다. 친절한 매니저는 근처의 작은 마을 Valle del Elqui를 싸게 왕복하는 방법도 알려주었다. 보통은 여행사 투어를 하지만 그는 대중교통으로 오가는 방법을 알려주었다. 그가 5번 고속도로에서 일본 정원을 지나면 나오는 간이 버스정류장을 지도에 꼼꼼하게 표시해 주었다. 멀쩡히 지도 들고 반대 방향으로 가는 내게 그런 지도는 무용지물이지만 그렇게 길을 헤매는 동안 친절한 사람들을 만나 이야기를 나누게 되었다는 것은 덤으로 얻은 행운이기도 했다.

60이 훨씬 넘은 아저씨가 운전하는 엘끼 계곡행 버스는 앉으면 좌석이 푹 꺼질 정도로 낡았다. 달리다가 기어가 바뀌지는 않을까 걱정이 될 정도로 쉴 새 없이 덜컹거렸지만 비쿠냐Vicuna를 거쳐 바예 델 엘끼

Valle del Elqui에 무사히 도착한다. 드디어 여행 일주일 만에 제대로 된 근사한 레스토랑에도 가고 짙푸른 바다색 블라우스도 사는 기쁨을 누린다. 여행은 모름지기 이렇게 하는 거라는 생각이 들 정도로 느긋하고 나른한 오후. 전형적인 관광지에서는 없는 안전한 느낌이 이 작고 아담한 마을에는 있다. 산 페드로 아타까마로 빨리 떠나고 싶었으나 연초 성수기를 맞아 버스표가 매진되는 바람에 본의 아니게 삼박 사일이나 머물게 된 라 세레나인데 있다 보니 처음의 낯선 느낌은 사라지고 편안해진다.

이곳이 특히 기억에 남는 이유는 장소 때문이 아니라 사람 때문이다. 친절하고 잘 생긴 호스텔 매니저는 이름이 아담이다. "네가 인류 최초의 그 아담이구나!"라는 내 농담을 알아듣고 파안대소를 한 이후 친해졌다. 아침이면 나와 담배를 나눠 피우며 수다를 떨고 바닷가까지 가는 길에 동행을 하기도 한다. 아담 때문에 며칠 더 머물까 망설일 정도로 친해졌다. 그리고 또 한 명, 호스텔 숙박객인 크리스틴 뮐러. 그녀 덕분에 라 세레나는 특별한 곳이 된다. 이 독일 여성은 '스트리트 워크 Street Work'라는 프로그램을 통해 남미에 왔는데 볼리비아의 라파즈 La Paz에서 일을 하다가 휴가를 받아 칠레를 여행하는 중이다.

"스트리트 워크가 대체 뭐 하는 건데?"

"글쎄, 뭐랄까… 사회봉사 프로그램 같은 거라고 해야 할까? 남미의 가난한 마을이나 가정과 독일 청년들을 연결해 주는 거야. 나는 볼리비아의 라파즈에 파견되어 거리의 아이들을 돌보는 일을 하고 있어. 라파즈에는 너무 가난해서, 부모의 학대나 여러 가지 이유로 가출해서 거리에서 사는 아이들이 많거든. 그 아이들과 신뢰를 쌓고 그들이 정상적인 삶으로 돌아가고 싶다고 했을 때 도와주는 일을 해."

간호사 출신으로 대학에서 사회복지학을 부전공으로 했다는 28살의 이 아가씨는 처음에는 경험을 쌓기 위해 신청을 해서 오게 되었는데 일을 하다 보니 너무나 보람 있고 자기 삶에서 중요한 일이라는 생각이 들어 1년을 더 연장해서 있으려고 한다고 말한다. 볼리비아가 물 부족 국가에 속하는데 하루에 2-3시간만 물이 공급되기 때문에 생활하기에 쉽지 않다고 한다. 그곳에서는 7-8세 어린아이부터 노숙을 시작하는 경우가 많고 여자아이들은 이미 12살부터 성매매를 하기도 한다. 험한 상황에 노출된 아이들에게 신뢰를 얻기란 쉬운 일이 아니다. 그들과 천천히 안면을 트고 마음을 얻을 수 있게 되기까지 시간이 오래 걸린다. 아이들이 마음을 열면 그 아이들의 생활 속으로 들어가 그들이 다른 삶을 꿈꿀 수 있도록 유도한다. 만약 그들이 노숙 생활을 접겠다고 마음먹으면 실질적인 도움을 주기 위해 관계기관을 연결해주거나 교육을 시켜서 자립을 돕는 것까지가 스트리트 워커들이 하는 역할이다.

"너희들 생활은 어떻게 하는데?"

"독일에는 이런 일을 지원하는 기관이 있어. 볼리비아나 페루, 콜롬비아

등 세계 여러 나라에 봉사자들을 파견해서 가난한 사람들을 돕도록 하는데 그걸 소셜 워크라고 하고 그중에서도 나처럼 거리의 아이들을 돌보는 일을 스트리트 워크라고 하지. 주로 1년 단위로 나가게 돼. 우리는 한 달에 100유로를 국가로부터 받아"
"백 유로? 겨우 그거 가지고 한 달이나 살아야 하는데 생활이 되니?"
(100유로면 한화로 겨우 13-14만 원 정도다)
"봉사자 서너 명이 라파즈로부터 1시간 정도 떨어진 곳에 방을 얻어서 함께 생활해. 워낙 물가가 싸기도 하고 함께 모여서 공동생활을 하기 때문에 안전하기도 하고 생활에도 도움이 되지. 지낼 만 해. 이런 봉사 활동하면서 호의호식할 것을 기대하지도 않았고 기대할 수도 없어"

나는 여행 내내 이런 여성 봉사자들을 한 열 명 정도 더 만날 수 있었다. 남미 전역에 퍼져서 여러 가지 봉사 활동을 하는 소셜 워커들이었다. 그들은 국가에서 보조를 받기도 하고 가톨릭이나 개신교 교회에 소속된 사회 단체의 보조를 받기도 했다. 우연인지 내가 만난 소셜 워커는 전부 20대의 독일인이다. 봉사활동을 하다가 3주 정도 휴가를 받을 수 있는데 그 휴가를 받아 여행 중인 사람들이다. 그들은 돈이 별로 없기 때문에 가장 싼 숙소를 찾아 돌아다니고 호스텔에서 밥을 해 먹으며 여행을 한다. 그리고 휴가가 끝나면 다시 그들의 일터로 돌아가 봉사를 하는 것이다. 그들 모두가 이 일의 경험이 자신의 인생에서 정말 중요하고 가치가 있다고 말한다. 1년이 끝난 후 독일로 돌아가겠다는 사람보다 한 번 더 연장해서 있고 싶다는 사람이 더 많다는 점도 특이하다. 가장 혈기 왕성하고 인생의 방향을 정하는 중요한 시점에 있는 그들의 이러한 활동과 이들을 지원하는 국가 정책이 있는 독일이라는 나라가 놀랍다. 감동한다. 나는 크리스틴에게 세월호 노란 기억 팔찌를 하나 준다. 그녀는 라파즈에서 자기 업무에 충실하느라 신문도 제대로 못 봤다며 위키피디아를 검색해 세월호 사건을 읽는다. 그리고 그 팔찌를 받아 자신의 팔에 끼운다. "기억할게"라는 말과 함께.

산 페드로 아타까마로

어느 곳이든 3일 정도 지나면 익숙해진다. 전형적인 휴양지 라 세레나가 내 취향이 아니라고 생각해서 빨리 뜨려고 했지만 나는 어느새 그곳에 익숙해진다. 친절한 매니저 아담과도 친해졌고 좀 느긋하게 해수욕도 하면서 지내는 것도 괜찮지 않을까 하는 생각도 든다. 하지만 익숙함에서 벗어나야 또 새로운 것을 볼 수가 있다. 새로운 곳에서 맞닥뜨리게 될 긴장과 스트레스를 견뎌야 하는 게 여행자의 숙명이다. 게다가 산 페드로 아타까마는 이번 여행에서 제일 중요한 목표지 중의 하나다.

라 세레나에서 산 페드로 아타까마까지는 고속버스로 16시간쯤 걸린다.

전날 오후 3시 40분에 출발한 버스는 다음 날 아침 7시가 넘어서 도착한다. 칠레의 장거리 고속버스는 이 정도의 거리는 휴게소 정차도 하지 않는다는 걸 알게 된다. 워낙 길쭉하게 생긴 나라라 커다란 거점 도시가 아니라면 버스터미널도 없다. 아타까마 같은 작은 도시에서는 칠레를 남북으로 길게 관통하는 5번 고속도로 위에 간이 버스정류장을 만들어 놓았다. 사람들은 그곳 간이 버스정류장에서 정처 없이 버스를 기다리다가 버스가 지나가면 미친 듯이 손을 흔들어 신호를 보낸다. 그들이 버스를 타느냐 마느냐는 순전히 운이다. 만약 버스에 승객이 다 찼다면 기사는 그들을 그냥 지나쳐 간다. 그런 위험을 감수하기 싫으면 멀리 있는 큰 도시까지 가서 티켓을 사고 버스를 기다려야 한다.

나는 이번에도 이층버스의 맨 앞 좌석에 앉아 다리를 길게 뻗은 채로 그렇게 손을 흔들다가 다행히 버스를 타거나 허무하게 놓치는 장면을 수도 없이 본다. 웬만큼 큰 도시에서도 버스는 오래 정차하지 않고 승객들만 급하게 태운 후 바로 출발한다. 칠레의 장거리 고속버스는 차 안에 있는 화장실을 비울 때가 아니면 오래 정차하지 않는다는 걸 알게 되었는데 내가 본 바에 의하면 32시간 운행에서도 화장실은 한 번만 비운다. 이렇게 정차 시간이 별로 없고 짧으니 음료수나 샌드위치가 필요한 사람들은 터미널의 매점까지 뛰어갔다 와야 한다. 그래서 이색 아르바이트도 생겼다. 승객의 샌드위치나 간식 심부름만 전문으로 하는 사람이 있는 거다. 그들은 버스가 정차하면 대기하고 있다가 승객들의 주문을 받아 대신 먹을 것을 사서 유리창 너머로 건네고 돈을 받는다. 그리고 그런 일을 하는 사람들 중에는 다리가 하나 없거나 휠체어에 앉아 생활해야 하는 사람들도 있다. 나는 그들이 외다리로 혹은 휠체어를 타고 서둘러 매점을 오가는 과정을 조마조마한 마음으로 지켜보곤 했다.

사막은 건조했다. 햇볕이 강했지만 건조한 날씨 덕분에 견딜 만하다. 한여름의 사막이라 걱정했지만 그 걱정이 무색할 정도로 괜찮다. 외려 여름 날씨는 한국이 훨씬 힘들다는 걸 확인한다. 실제로 여름 날씨가 끔찍한 건 습기 때문이지 기온 높은 건 별로 문제가 되지 않는다. 일 년 내내 비가 한 번도 내리지 않는다는, 세계에서 가장 건조한 사막이라는 소개 글 때문에 마음의 준비를 단단히 했는데 한국의 여름보다 훨씬 견디기 수월한 날씨 덕분에 나는 아타까마의 사막이 좋아진다.

그곳에 머무는 동안 저녁이 되면 호스텔의 정원에 불 켜진 탁자에 앉아 파블로 네루다의 〈모두의 노래〉를 읽었다. 칠레를 넘어 남미 전체를 아우르는 〈모두의 노래〉에는 '사막'을 노래한 시도 있다.

거대한 모래사장에 힘겨운 정오가

시작되었다.
세상은 벌거벗었다.
넓은 세상, 불임의 세상, 마지막
모래 경계선까지도 깨끗한 세상.
소금밭의 외로운, 살아 있는 소금,
그 소금의 부서지는 소리를 들어라.
태양은 비어 있는 공간에 그의 유리를 부서뜨리고,
대지는 신음하는 소금의
숨 막히는 건조한 소리로 신음한다.'[3]

네루다는 아타까마 사막을 '재 대신에 소금이 뿌려진, 참을 수 없는 목소리'라고 노래하기도 했고 그 '침묵의 언어를 이해할 수 없어 안타까워'하기도 했다. 생명이 자라기 힘든 조건이라 '불임의 세상'이지만 시인의 말을 빌자면 아타까마는 '모래 섞인 바람이 불 때의 소리'로 가득 차 있으며 그 땅에서 단단하게 굳어진 소금과 '누더기 입은 자식들을 거느린 왜소한 주민들'이 사는 땅이다. 해만 지면 뜨겁던 땅도 식어 목까지 오는 셔츠를 겹쳐 입어야 하는 사막의 밤. 나는 그 사막에 대한 기대로 잠을 자지 못한다.

---

3) 파블로 네루다: 모두의 노래. 고혜선 옮김. 문학과 지성사, 2016. 237쪽

밤새 아무것도 먹지 못한 채 16시간을 버스 맨 앞자리에서 구겨져 있다가 도착한 첫날, 역시나 한참을 헤매다가 숙소를 찾아서 체크인 시간을 기다리는 동안 뒤뜰에서 우루과이 젊은이 네 명과 만난다. 피곤에 전 나는 배가 몹시도 고픈 상태지만 그 피곤을 잊기 위해서라도 그들과의 대화가 필요하다. 한국에서 가져간 담배는 보엠 시가 미니 5mg 짜리로 작고 앙증맞은 브라운색의 담배다. 그들이 그걸 보더니 관심을 보인다. 하나씩 피워보라고 준다. 무엇이든 거저 얻는 게 없는 그들은 그 대가로 마침 아침 식사로 준비해 놓았던 과일 칵테일을 내게 나눠준다. 그것을 한 입 먹는 순간 칠레가 왜 와인으로 유명한지 금방 알아차린다. 포도는 씹는 순간 껍질까지 톡톡 터진다. 그 감촉이 얼마나 상쾌한지 자꾸만 먹고 싶어진다. 이러니 와인도 맛있을 수밖에 없구나 생각한다.

오후에는 다큐멘터리 영화를 만든다는 청년과 유쾌한 그의 여자 친구들과 함께 소금 호수 투어를 같이 한다. 그들은 나를 위해 예약도 대신 해주었다. 그곳으로 가는 투어 버스는 너무 낡았고 길은 크고 작은 돌들로 울퉁불퉁하다. 바닥에서 튀어 오른 돌멩이에 차의 바닥이 뚫리는 건 아닐까 걱정이 될 정도다. 그러다 어느 순간 눈앞이 뿌옇게 되면서 먼지 냄새가 진동한다. 나는 너무 피곤해서 내 눈이 이상해진 줄 알았다. 둘러보니 뒷좌석 유리창이 고장 나서 그 틈으로 사막의 모래먼지가 차 안으로 들어온 것이다. 사람들은 모두 갖고 있던 손수건이나 스카프,

휴지 등으로 코와 입을 막고 앉아 있다. 화생방 훈련이 따로 없다. 소금 호수에 도착하자 젊은이들은 바로 호수로 뛰어든다. 그들의 웃음소리가 거칠 것 없는 사막 저편으로 퍼져나간다. 귀찮은 게 싫은 늙은 나는 그들을 바라보며 구경만 한다. 천 페소나 이천 페소 정도 더 주는 여행사 투어에서는 호수 옆에 탁자를 펴고 뭔가를 먹는다. 하지만 그들이 전혀 부럽지 않다. 가만히 있어도 입안에서 모래가 씹힐 지경인데 그 모래바람 속에서 뭔가를 먹는다는 건 아무리 생각해도 즐겁지 않은 일이다.

산 페드로 아타까마는 전형적인 관광지다. 그 작은 마을이 온통 작은 여행사들로 가득 차 있다. 모래 언덕으로 둘러싸인 적막한 사막을 상상했다면 전혀 다른 모습에 실망할지도 모른다. 나는 수많은 여행사 중에 하나를 선택해서 달의 계곡 투어에 참가한다. 투어는 예상보다 훨씬 힘들었다. 모래 언덕을 걷거나 모래 산을 오르는 일도 그렇지만 크리스털 소금 동굴을 통과할 때는 유격 훈련하는 것 같다. 낮은 천장 때문에 일정 구간은 오리걸음을 걸어야 하고 기괴하게 생긴 바위틈을 통과하느라 몸을 이리저리 뒤틀어야 한다. 낮은 포복으로 기어가거나 암벽 등산하듯 올라야 하는 구간도 있다. 처음 시작을 같이했던 한 영국 여자는 도중에 포기하고 뒤돌아 갔다. 가이드는 내게도 포기할 것을 권유한다. “아니, 왜? 나더러 젊어 보인다더니?” 자존심이 상한 나는 들은 척도 하지 않고 앞장서 걷는다. 만약 누군가가 달의 계곡 투어가 이토록 힘들다는 걸 미리 말해줬더라면 나는 지레 겁먹고 포기했을 것이다. 엄청난 모래바람에 머리는 산발이 된 지 오래고 땀 범벅이 된 얼굴 위로 모래먼지가 쌓인다. 입안에선 모래가 서걱서걱 씹힌다. 그 여정을 다 마쳤을 때 나는 스스로가 자랑스러워 소리라도 지르고 싶어졌다. 사진을 찍으면서는 저절로 만세 포즈가 나온다. 해냈다!!! 물론 그건 유난히 운동 신경이 둔한 내 탓일지도 모른다. 왜냐하면 어떤 남자는 두 살 난 아이를 안고 그 과정을 다 마쳤으니 말이다. 위대한 부성의 승리!

그들에게는 있고 우리에게는 없는 것

칠레 여행을 준비하면서 '33'이라는 영화를 봤다. 칠레의 산호세 광산이 무너지고 그곳에서 69일 만에 전원 구출된 실화를 영화화한 거다. 영화 초반에 700미터 지하 광산의 안전성에 문제가 있는 걸 발견해서 보고하지만 회사는 광부들을 그대로 지하로 내려보낸다. 예상대로 광산은 무너지고 사람들은 가까스로 대피소까지 탈출한다. 하지만 문제는 거기서부터 생긴다. 비상식량은 3일 치밖에 없고 사람들은 구조가 이루어질지에 대한 확신도 없다. 회사는 대책이 없고 비상시 매뉴얼 따위도 없다. 정부에서는 개입을 하느냐 마느냐의 문제로 옥신각신하느라

귀중한 시간을 흘려보내고 있다. 그때 젊은 광산부 장관이 나서서 현장으로 가고 구출의 책임을 맡는다.

영화를 보는 내내 우리에게 저런 정치인 장관이 한 명이라도 있었다면, 저런 전문가가 있었다면 상황이 달라졌을까, 가슴을 쳤다. 그렇다. 세월호 문제다. 영화에서 구조 작업이 기술적인 문제로 막힐 때마다, 철창 밖에서 오직 그들의 손과 미묘한 표정 변화 하나에 일희일비하는 가족들을 볼 때마다 우리의 상황과 겹칠 수밖에 없었다. 영화의 배경은 칠레인데 나는 자꾸만 세월호를 떠올리고 있었다. 왜 너희는 보이지도 않는 땅속에서 그렇게 모두를 구출했는데 우리는 멀쩡히 눈앞에서 보면서도 손 하나 못 대고 배를 가라앉혀야 했을까? 왜 아무도 책임지려고 하지 않았을까? 왜 3년이 지난 지금까지도 제대로 된 진상 조사도 못하고 있을까? 왜, 왜?

구조대는 우여곡절 끝에 드릴로 대피소까지 구멍을 뚫어 식량과 물을 공급하게 되는데 그렇게 되기 전까지 3일 버틸 식량만으로 17일을 버티는 과정이 영화에서 그려진다. 욕심을 누르고 서로 공평하게 먹을 것을 나누며 구조대가 올 때까지 질서를 유지하고 기다리며 희망을 잃지 않았던 광부들의 모습이 인상적인 것은 말할 필요가 없다. 그런데 그보다 더 부러웠던 건 따로 있다. 정부는 전 세계 기술지원을 받아들여

실패를 거듭하면서도 계속 다시 시도하고, 밖에서 기다리는 가족들을 위해 학교까지 설치하며 배려한다. 나는 너무 부러워서 미칠 지경이었다. 그들이 부럽고 우리 상황이 억울해서 눈이 퉁퉁 붓도록 울었다. 세월호 유가족들은 이 영화 못 보겠구나 생각했다. 내가 이렇게 괴로운데 이걸 영화로 볼 수 있겠나 싶은 거다.

영화가 끝난 후 "세월호도 언젠가 영화로 만들어질까?" 혼잣말처럼 중얼거렸더니 남편이 그런다. "감동이 있어야 영화가 되는 거지. 저긴 구출했잖아". 그렇구나. 영화를 보고 난 후에 분노와 허탈감만 남는다면 누가 그 영화를 보려고 할 것인가? 리얼리즘 영화라고, 이게 우리 현실이라고 주장하며 영화가 만들어진다고 해도 그걸 현실에서 겪는 것만으로도 힘겨운데 굳이 영화로 재확인하려 들 것인가. 그럼에도 불구하고 우리는 그것을 기록으로 남겨야 할 것이다. 지금 당장은 못하더라도 언젠가는. 왜냐하면 수잔 손택이 말했듯이 "기억하기"는 그 자체로 윤리적인 행위이기 때문이다.

그 영화의 배경이 된 산호세 광산이 바로 아타까마 사막 근처다. 하지만 나는 그곳에 가지 못했다. 사막은 혼자서는 갈 수 없었고 온갖 투어가 있었지만 광산 투어는 찾을 수 없었다. 네루다와 아옌데는 모두 광산 노동자들의 열렬한 지지를 받아 국회의원도 되고 대통령도 되었나. 인간 이하의 대접과 생활을 하던 그들이 전하는 바에 따르면 거대한 작업장의 바닥은 항상 물, 기름, 산(酸)이 고여 있었으며, 노동조합 지도자들과 광부들은 웅덩이 위에 놓인 널빤지를 밟고 다녔다고 한다. "그 널빤지 하나 놓으려고 파업을 열다섯 번 하고, 8년 동안 줄기차게 회사와 씨름해야 했다"(파블로 네루다 자서전, 259쪽) 결국 일곱 명이 목숨을 잃은 후에야 회사에서는 널빤지를 깔아 주었다는 거다. 그런 그들의 아픔에 공감하고 표현 수단이 없었던 그들의 입이 되어 주고 분노를 표현할 수 있게 했던 시인을 어찌 사랑하지 않을 수 있었겠는가.

불행의 시작

산티아고에서 소매치기당할 뻔한 거나 카메라 줌렌즈가 고장 난 게 이번 여행에서 하나의 증후였다는 걸 깨달은 건 여행이 시작된 지 열흘이 지난 후 산 페드로 아타까마에서였다. 그곳 사막에서의 별 보기 투어는 칠레 여행에서 가장 중요한 이벤트였기에 기대가 컸다. 하지만 그건 날씨가 받쳐줘야 가능한 일이다. 나는 너무 단순하게 생각했다. 일 년 내내 비가 내리지 않는다는데 설마 별 보기 투어가 가능하지 않을 수도 있다는 걸 생각하지 못했다. '아스트로노미코' 라고 부르는 별 보기 투어는 계속해서 며칠째 취소된 상태였지만 나는 그것도 모르고 있었나. 그래서 많은 여행사들이 "오늘은 별 보기 투어가 없습니다" 라고 했을 때 당황했다. 다른 여행사들과 달리 한 여행사가 "80% 가능하다. 이건 경험이다. 오늘 밤에는 할 수 있다. 구름이 걷힐 거다"라고 장담한다. 나는 그 말을 믿고 싶다. 그래서 예약을 덜컥해버린다.

일정은 밤 10시 15분까지 여행사 앞에서 집결하여 10시 30분에 사막으로 출발하기로 되어 있다. 하지만 밤 10시쯤 여행사로 가니 수염이 산적처럼 난 사장이 그날의 별 보기 투어는 못한다고 말한다. 실망감과 당혹감에 한동안 여행사 앞을 못 떠나고 담배만 연거푸 피운다. 이거 보려고 왔다고 해도 과언이 아닌데… 이럴 줄 알았으면 라 세레나에 있을 때 할 것을. 평소에는 잘 하지 않던 후회의 한숨을 쉰다. 그날의 교훈은 "할 수 있을 때 해야 한다"라는 것이었다. 나중에 더 좋은 걸 보겠다고 미루지 말 것. 막상 아타까마에선 날씨가 받쳐주지 않아 볼 수 없게 되지 않은가. 가까스로 마음을 추스르고 터덜터덜 호스텔로 돌아가는 길이다. 아뿔싸, 그 길에 도랑이 두 군데나 있다는 걸 순간적으로 잊었다. 시내에서 떨어진 곳에 있는 호스텔까지 가는 길에는 가로등도 없다. 몸이 갑자기 밑으로 푹 꺼지고 무슨 일이 벌어졌는지 알아차리기도 전에 엉겁결에 벌떡 뛰어올라 땅바닥에 주저앉았다. 머리가 복잡하게 돌아간다. "방금 무슨 일이 벌어진 거지?" 일어나서 걸으려는데 걸을 수가 없다. 발목을 다쳤다. 메고 있던 배낭에서 물통이 튀어나와 도랑 바닥에 뒹굴고 있고 왼쪽 등산화는 벗겨져서 보이지도 않는다. Oh, shit! 내 입에서는 제일 먼저 욕이 튀어나온다. 큰일 났다. 낭패다. 걸을 수가 없다. 일어날 수조차 없다.

정신이 아득해진다. 마침 원주민 청년 하나가 지나가다 나를 발견한다. 그는 바닥에서 일어나지도 못하고 있는 나를 일으켜 세워주고 물통을 건져 가방에 넣어주고 신발을 신겨 준다. 그에게 데려다 달라고 부탁하고 싶지만 하루 종일 힘든 노동을 끝내고 지친 표정으로 집으로 가던 그를 차마 붙잡아 세울 수가 없다. 나는 괜찮다고, 걸을 수 있다고 거짓말을 한다. 웃으며 손을 흔든다. 하지만 나는 한 발짝도 더 움직일 수가 없다. 그때 브라질 청년 두 명이 지나간다. 그들이 차고 있던 팔찌로 우리가 같은 호스텔에 묵고 있는 손님임을 알아차린다. 그들에게 도움을 요청한다. 그들은 나를 거의 들다시피 하고 걷는다. 그들이 나를 들고 가려고 할 때 내 몸무게가 걸려서 사양한다. "나 굉장히 무겁다. 너희들이 감당 못한다" 내 경고에도 불구하고 나를 들고 가려고 시도하던 청년들은 얼마 못 가서 가쁜 숨을 몰아쉬며 나를 내려놓는다. 그 정신없는 순간에도 민망함은 밀려온다. 그들은 곧 땀으로 범벅이 되었고 우리는 몇 번이나 걸음을 멈추고 쉰다.
걸어오면서 미안한 마음에 조심하지 못한 스스로를 탓하니 주앙이라는 이름의 젊은 청년이 말한다.
"스스로를 탓하지 마라. 누구에게도 일어날 수 있는 일이다. 이럴 땐

긍정적으로 생각해야 한다. 뼈가 부러졌을 수도 있었고 아무도 지나가지 않아서 도움을 요청하지 못했을 수도 있었다. 양쪽 발이 다 다쳤으면 어떻게 했겠냐? 지금 이 정도인 게 얼마나 다행인데… 지금은 이렇게 아프지만 긴장 풀고 하루 자고 나면 좋아질 수 있다. 분명히 좋아질 것이다. 또 혹시라도 나빠지면 어떠냐? 버스 티켓 취소하고 며칠 더 머물며 치료받으면 되지. 그렇게 심각한 거 아니다."

어쩜 그는 내가 듣고 싶은 말, 그때 그 순간에 내게 필요한 말을 그대로 해준다. 훨씬 더 안 좋은 상황이 벌어졌을 수도 있는데 이 정도라 얼마나 다행인가, 지금 당장은 알 수 없지만 내일 아침에 일어나면 좋아질 수도 있다. 더 나빠지면 어쩌나 하는 생각은 애써 지운다. 그들의 말대로 버스를 포기하고 며칠 쉬면 될 일이다. 지구 멸망할 일도 아니고 죽고 사는 문제도 아닌 것이다. 리카르도와 주앙, 두 청년의 도움을 절대로 잊지 못할 거다. 호스텔의 매니저는 얼음주머니를 가져다 찜질을 할 수 있게 해주고 소염진통제를 주었다. 나는 불안한 마음을 접고 일단 잠을 자려고 노력한다.

다행히 자고 나니 붓기가 좀 가라앉았고 통증도 좀 가벼워졌다. 등산용 지팡이를 꺼내 길이를 조절하고 슬슬 걸어본다. 버스터미널까지는 택시를 타면 되고 며칠 지나면 괜찮아질 것 같다. 아니, 그래야 한다.

인생사 새옹지마. 지금은 이래도 어떤 좋은 일이 닥칠지 누가 알겠는가. 슬퍼하지 말자.

그렇게 40일간의 내 여행은 시작 열흘 만에 난관에 부딪혔다. 나는 그간 해왔던 모든 여행에서 경험해보지 못했던 온갖 감정을 이번 여행에서 느꼈는데 가만히 생각해보면 그게 모두 부상에서 시작된 것들이다. 아프지 않았다면 겪지 않았을 온갖 경험들, 지독한 외로움, 그리고 사람들이 내게 다가왔다. 가장 힘들었지만 그걸 대가로 지불하고 얻은 값진 배움의 기회는 그렇게 왔다.

It
BOTT

세 번째 행운: 타인의 가난을 감상하는 불편함

발파라이소를 향하여

발을 다친 이후 내 여행은 말 그대로 '고난의 길'이 되어버렸다. 파타고니아의 트래킹에서 쓰려고 무거운데도 꾸역꾸역 짊어지고 간 등산용 지팡이를 그렇게 일찍 사용하게 될 줄은 몰랐다. 나는 한 발 한 발 떼는 게 조심스러운 상태이고 그 상태에서 12킬로그램이나 나가는 커다란 배낭을 뒤에 메고 24리터짜리 작은 배낭을 앞으로 멘 상태로 걸어야만 한다. 발을 다친 바로 다음 날은 아타까마 사막에서 발파라이소까지 24시간 버스로 이동해야만 한다. 마치 다칠 것을 예견이라도 한 것처럼 나는 세미카마(2등칸으로 반 침대) 대신에 카마(1등칸)를 예약했다. 의외로 가격이 싸서 더 오랜 여행을 하기 전에 한 번 타보기로 마음먹고 산 티켓이다. 나는 카마 버스가 따로 있는 줄 알았다. 하지만 같은 버스의 2층에는 세미카마가, 아래층에는 카마가 있다는 걸 알게 되었다. 카마는 세미 카마보다 좌석과 좌석 사이의 간격이 넓어서 승객이 몇 명 안 된다. 세미카마만 타봤던 터라 그 편안함에 감탄한다. 그런데 자리에 앉아보니 내 좌석의 등받이가 뒤로 젖혀지지 않는다. 부상당한 다리는 피가 몰리지 않도록 위로 올리고 있어야 했는데 그게 안 된다. 나는 승무원에게 알리고 그는 고민하다가 뒷좌석으로 자리를 옮겨준다. 하지만 이번에는 등받이는 젖혀지지만 안전벨트가 없다. 편안함을 얻는 대신 목숨을 걸어라? 24시간 거의 쉬지도 않고 달리는 버스를 타면서 안전벨트도 없이 간다는 것 또한 모험이다. 다른 좌석은 예약 손님들 때문에 안 되는 모양이다. 이제는 등받이냐 안전벨트냐 사이에서 또 한 번 선택을 해야 한다. 나는 안전벨트를 포기하고 다리를 편하게 뻗을 수 있는 등받이를 선택한다.

승객이 별로 없는 카마에서 눈치껏 발을 앞 좌석에 올려놓는다. 말도 통하지 않는 승무원 청년은 세심하게 승객을 보살핀다. 푸른색을 찾아보기 힘든 황무지 같은 풍경이 몇 시간이고 지속된다. 앞으로 이 여행은 어떻게 될까? 무섭게 부어오른 발등과 뒤꿈치 양옆을 보면서 마음이 한없이 가라앉는다. 이 정도 되면 여행은 무리 아닐까? 그만둬야 하는 거 아닐까? 며칠 쉬면 나아질까? 병원에 갔어야 하는 것은 아닐까? 만약 의사가 여행은 무리라고, 쉬라고 말하면 어쩌지? 발을 조금씩 움직여 본다. 통증은 있지만 움직일 수는 있다. 뼈에 이상이 있는 건 아니라는 의미다. "그렇다면 그냥 간다." 나는 그렇게 결정을 내린다.

심란해서 핸드폰에 저장되어 있던 음악을 듣기 시작한다. 음악이 주는 놀라운 위안을 확인한다. 바로 그때 승무원이 급하게 뛰어들어온다. 석양빛이 강해서 반대편 창문의 커튼을 닫아주었던 그가 무슨 큰일이라도 난 것처럼 들이닥치더니 황급히 커튼을 젖히며 나를 손짓해 부른다. 밖을 보란다. 무슨 일인가 싶어 창밖을 보다가 깜짝 놀란다. 엄청난 모래바람이 불어 한 치 앞도 보이지 않는다. 그는 사막에서나 볼 수 있는 그 장면을 내게 보여주기 위해서 뛰어들어온 것이다. 이렇게 아무것도 보이지 않는데도 버스는 속도를 줄이지 않고 앞으로 나아가고 있다. 바람 때문에 버스는 심하게 흔들리고 유리 틈새로는 귀신 우는 소리가 난다. 그 모래바람을 뚫고 버스가 달려가는데 뜬금없이 눈물이 흘러내린다. 당황스럽다. 대체 나는 왜 우는 거지? 때마침 이어폰으로 듣기 시작한 음악 때문인가? 다친 발이 아프니 마음도 약해진 건가? 승무원 청년의 순진한 눈이, 그의 섬세한 배려에 감동했나? 그것도 아니라면 자연의 놀라운 변화에 대한 반응일까? 실은 안개 속 같은 모래바람을

헤치며 묵묵히 달리는 버스 안에서 그렇게 한참을 울다 잠이 든다.

갈수록 산이네

깨어보니 풍경이 달라져 있다. 중부로 가면서 점점 푸른색이 많이 보이기 시작한다. 15시간 정도 지났을 즈음, 아직 목적지에 도착할 시간은 아닌데 갑자기 버스가 멈췄다. 사람들이 하나둘씩 서로 눈치를 보더니 내린다. 나는 담배나 한 대 피울까 싶어서 따라 내린다. 옆에 있는 사람에게 물어보니 버스 고장이란다. 버스가 멈춘 곳은 목적지인 발파라이소에서 그리 멀지 않은 비냐 델 마르라는 곳이다. 대체차량이 오기까지 기다려야 한단다. 하지만 그 버스가 언제 올지는 아무도 알 수 없다. 버스 회사에서는 사과도, 보상도 하지 않는다. 기다리려면 기다리고 그냥 갈 사람은 가란다. 그런데도 아무도 항의 따위 하지 않는다. 바쁜 승객들이 하나둘 자리를 뜨기 시작한다. 택시를 타러 간다고 한다. 봄이 불편해서 이러지도 저러지도 못하고 서 있는 내게 옆에 있던 칠레인 모녀가 같이 택시를 타고 갈 것을 제안한다. 한 사람이 3천5백 페소만 내면 우버 택시를 타고 발파라이소 숙소 앞까지 갈 수 있단다. 나로서는 매력적인 제안이다.

크리스티나라는 칠레 미술 선생이 선뜻 자기 배낭을 엄마에게 주고 내 배낭을 짊어진다. 사양하는 내게 자기 엄마는 짐이 거의 없고, 자기는 힘이 충분히 세고, 이렇게 하는 게 자기 마음이 편하다며 내게서 배낭을 거의 빼앗듯 가져가 버린다. 우리는 펑린이라는 중국 여행자까지 넷이서 택시를 탄다. 크리스티나 모녀는 마치 동양인 여행자를 처음 보는 사람들처럼 나와 펑린의 사진을 찍는다. 여행의 동기와 경로에 대해 묻고 왜 다리를 다쳤는지 질문한다. 우리의 모습을 동영상으로 찍기도 한다. 나는 꼭 연예인이 된 기분이 된다. 기사는 숙소 순서대로 사람들을 내려주는데 내 숙소가 맨 마지막이다. 다른 사람들은 모두 금방 내렸는데 돌아가는 상황이 뭔가 이상하다. 그가 헤맨다. 길을 모르는 거다. 이 골목 저 골목을 왔다 갔다 하는 시간이 길어질수록 나는 점점 불안해지기 시작한다.
택시 기사는 한참을 여기저기 돌아다니더니 차를 세우고 사람들에게 묻기를 대여섯 차례 반복한다. 그리고는 포기한 듯 언덕길 꼭대기에 차를 세운다. 차가 더 이상 들어갈 수 없는 곳이라 나더러 알아서 찾아가란다. 아, 이건 또 뭐지? 다리를 다쳐 절룩거리는 나를 보고도 저런 소리를 할 수 있단 말인가? 화가 나고 난감하고 당혹스런 상황이다. 하지만 어쩔 도리가 없다. 차가 정차한 곳은 언덕의 끝. 더 이상 갈 곳이 없다는 걸 확인했기 때문이다.

발파라이소는 대부분의 집들이 경사가 심한 언덕에 자리 잡고 있는

#LifeofLogz

도시다. 마침 내 숙소가 그 경사 심한 동네의 계단 중간에 있다. 그 계단을 배낭 두 개 앞뒤로 짊어지고 지팡이를 양손으로 짚고 절룩거리면서 내려간다. 식은땀이 죽죽 흐른다. 자칫하면 경사가 심한 계단에서 구를 판이다. 다리가 후들거리고 시야 확보하기도 힘들다. 마침 지나가던 젊은 남녀가 나를 부축해줘서 간신히 내려가 호스텔에 도착한다. 하지만 체크인까지 2시간을 기다려야 한다. 호스텔 매니저에게 허락을 맡고 세수만 간신히 한 후 아래층 거실에서 쉰다. '날아다니는 집' 이라는 의미를 가진 '까사 볼란테' 라는 이름의 호스텔은 생각보다 훌륭했고 나는 일단 무사히 도착했다는 생각에 행복해진다. 발을 살펴보니 발등과 발꿈치가 시꺼멓게 멍들어 있고 띵띵 부어 차마 눈 뜨고 볼 수가 없는 지경이다. 그때 누군가 밖에서 들어온다. 여기는 2층의 리셉션에서 문을 열어줘야 들어올 수 있는 구조라 아무나 출입할 수가 없도록 되어 있다. 나는 의심 없이 그에게 눈인사를 건넨다. 남자는 선한 인상이다. 외출했다가 들어온 게스트인 모양이다. 덥지? 그래. 체크인 시간이 되려면 좀 더 있어야 해. 그런 말을 나눈 후 나는 가방을 두고 문밖에 나와 담배를 피운다. 그런데 얼마 후 그 남자가 밖으로 나온다. 날 보더니 잠시 당황한 표정을 짓더니 자연스레 계단을 내려가는데, 손에 내 배낭을 들고 있다. "어, 그거 내 배낭인데…" 남자는 아마도 내가 어딘가 멀리 간 줄 알았나 보다. 그런데 내가 바로 문밖에 있으니 놀란 거다. "도둑이야, 도와주세요. 경찰!!!" 난 소리친다. 하지만 다친 발로 뛰어가 그를 잡는 건 불가능하다. 이 황당함을 어떻게 표현할 방법이 없다. 머릿속이 텅 비어버린다는 게 어떤 건지 정확히 알게 된다.

마침 계단 밑으로 젊은 여자 한 명이 지나가다가 내 소리를 듣는다. 그 여자는 용감하게도 멈춰 서서 두 팔을 벌려 덩치 큰 그 남자를 막아선다. 당황한 그 남자는 내 배낭을 계단 중간에 던져놓고 그 여자의 손목을 꺾어 무력화시킨 후 줄행랑을 친다. 나는 그녀의 도움으로 배낭을 되찾았다. 물론 배낭엔 별게 없었지만 선글라스며 트래킹 예약서류가 들어 있어서 만약 없어졌다면 여러 가지로 귀찮은 일들이 발생했을 것이다. 아마도 도둑은 문 앞에 서 있는 내가 카메라며 돈주머니를 앞에 차고 있는 걸 보았을 것이고 배낭에 별게 없다는 걸 알아채서 버리고 간 것이겠지만 계단 밑의 그녀가 방해하지 않았다면 그대로 들고 튀었을지도 모른다. 그녀는 손목이 좀 아프지만 괜찮다며 오히려 나를 위로한다. 자기가 허리에 차고 있는 경보기를 보여주며 필요할 거라 조언하고 간다. "발파라이소는 매우 위험한 곳이야. 조심해." 그녀는 내게 몇 번이나 당부하고 가던 길을 마저 간다. 호스텔에서는 내 상황 설명을 듣고 수도 없이 미안하다고 말한다. 정말로 긴장을 조금도 늦추면 안 되는 상황이다. 나는 다른 숙박객들에게 그 사건을 말하고 조심시킨다. 호스텔 안에서도 안심할 수 없다는 의미라고 덧붙이는 걸 잊지 않는다. 실은 그건 나 자신에게 하는 말이었다.

느리게 걸어서 좋은 점

약국에 가서 약과 압박 붕대를 사와야 한다. 젊은 약사가 권해준 진통제는 생각보다 너무 비쌌다. 잠시 망설이고 있는데 옆에 서 있던 할머니 한 분이 살며시 내 팔을 잡아당기더니 "좀 기다려. 내가 도와줄게" 한다. 소설가 부희령 씨의 말처럼 "여행 중에 가장 안심할 수 있는 상대가 있다면 나이 든 여성이다." 특히 이런 할머니라면 마음이 놓인다. 할머니와 약사는 뭔가 한참 이야기를 주고받았고 약사는 다른 약을 내온다. "똑같은 효능을 가진 약인데 이게 훨씬 싸거든. 나도 이 약을 먹어. 처음에 약사가 권한 약은 하루에 세 번 먹어야 하지만 이건 하루에 한 번만 먹으면 돼. 게다가 이건 졸림 현상도 없지." 할머니는 자신이 영어를 할 수 있는 사람이라는 사실을 자랑스러워했고 다친 여행자를 도울 수 있어서 행복해했다. 그 할머니 덕분에 나는 좋은 약을 싼 가격에 살 수 있었다.

'여기선 무조건 쉰다. 이 발로 다니다간 뭔 일이 생겨도 대처를 못 한다.' 욕심을 버리기 위해서 노력해야 했다. 하루에 한 가지만 하겠다고 마음먹는다. 쉬운 일은 아니다. 일단 마음이 자꾸 달리다가 멈추는 일을 반복한다. '발만 괜찮았다면 내가 이렇게 긴장을 하고 다닐 리가 없어. 세계 어디를 가도 살아남을 자신이 있었어. 이 모든 게 다리를 다쳐서야' 자꾸만 원망하는 마음이 생긴다. 파블로 네루다의 집 '라 세바스티아나'에 다녀오는 길에서도 고꾸라질 것 같은 경사길에서 행여 넘어지지나 않을까, 누가 뒤에서 가방을 채가지나 않을까 주변을 두리번거리게 되고 경계한다. 동전 달라고 달라붙는 사람에게도 겁을 먹는다. 자꾸만 자신이 작아진다.
옆을 스쳐가는 사람들은 하나같이 내게 카메라를 조심하라고 경고한다. 누군가는 어른처럼 근엄한 얼굴로 다가와서는 카메라를 집어넣으라고 명령하듯 말하고 떠나기도 한다. 나는 결국 승복한다. 카메라를 가방 안에 집어넣는다. 누가 뭐라고 해서가 아니라 주변을 경계하고 무서워하는 나 자신이 싫었기 때문이다. 이번 여행에서 사진이 별로 없는 이유다. 하긴, 지팡이 두 개 짚고 엉금엉금 기어가면서 수시로 카메라를 가방에서 꺼내 사진을 찍는다는 게 쉽지 않기도 했다.

워낙 걸음이 느리니 골목에서 뒤에 오던 사람들에게 매번 자리를 내줘야 한다. 뒤에 오는 사람에게 먼저 가라고, 내가 걸음이 느려서 양보해야 한다고 말하니 한 남자가 엄지손가락을 척 치켜들며 "천천히 가는 거 좋지. 더 많은 걸 볼 수 있잖아" 한다. 다른 때 같았으면 기분 좋게 받았을 말이다. 그런데 지금은 상황이 좀 좋지 않다. 마음이 꼬여 있었던 거다. "맞아. 나도 그렇게 생각해. 그 좋은 걸 너도 해보지그래?" 라고 대답하고 만다. 그래도 그는 다행히 나의 말에서 비꼬는 의미를

알아채지 못한다. 사람 좋은 웃음을 씩 웃는다. 비록 내가 꼬아서 받기는 했지만, 그의 말은 진실이다. 느려도 너무 느리게 걸을 수밖에 없기 때문에 나는 더 많이 볼 수 있었다. 벽화가 숨겨준 벽의 흉터며 모퉁이 그늘에서 늘어지게 자고 있는 고양이며 지루한 표정으로 창밖을 내다보는 아주머니의 스산한 눈빛과 계단 중간에 앉아 마테 차를 마시는 남자의 누런 치아까지. 그건 천천히 걸었기 때문이기도 하지만 힘들어서 자주 멈췄기 때문이기도 하다. 하루에 하나씩 했기 때문에 오래 곱씹고 기록한다. 그리고 당연히 시간이 부족하다. 발파라이소는 작은 도시지만 하루에 하나씩 보기엔 너무 큰 도시다. 나는 며칠 더 연장해서 5일을 머무르기로 한다.

느린 여행에서 좋은 점 중의 하나는 사람들을 만나는 것이다. 빠르게 도는 여행에서는 좀처럼 사람과 긴 이야기를 나눌 여유를 갖기 힘들기 때문이다. 나와 같은 날 도착해서 체크인을 기다리던 할아버지가 있다. 그때는 눈인사만 했는데 어쩌다 보니 자주 마주쳤고 둘 다 나이가 많아 아침잠이 없는 관계로 제일 먼저 아침 식사를 하는 동료가 되었다. 그는 영어를 매우 잘 했는데 처음에는 미국 사람인 줄 알았을 정도다. 알고 보니 터키 사람이다. 행동거지와 말투 등이 교양이 있다. 아침 먹으며 무려 한 시간 반 동안 이야기를 나눈다. 이 아저씨 인생사가 참 재미있다. 나이만큼이나 인생 경험도 많겠지만 누구나 그렇게 주름진 인생을 갖게 되는 건 아니다. "어렸을 때 터키에서 자랐는데 책을 좀 많이 읽었어. 책을 통해서 다른 세계가 있다는 걸 알게 되었고 그걸 꿈꾸게 되었지. 당시 터키는 여행도 자유롭게 할 수 없었고 여자들은 맘대로 외출도 못했지. 교육도 받을 수 없었어. 나는 왜 그래야 하는지 이해할 수 없었고 책에서 본 것과 같은 다른 삶을 살고 싶었지. 그래서 군대 대체 근무로 선생 일을 끝낸 뒤 독일로 가기로 결정했어. 독일에서는 가스트아르바이터(초청 외국인 노동자라는 의미로 우리나라에서도 광부와 간호사로 많이 갔듯 제일 많이 간 사람이 터키 사람)로 신청해서 청소 일부터 시작했어. 독일어도 못했지. 거기서 만난 호주인 여자친구가 소개해줘서 루프트한자 항공사에서 일하며 독일어를 공부하게 되었어. 언어가 가능해지자 사무직으로 옮길 수 있게 되었지. 터키에서 회계 공부를 한 덕분에 나중에는 지멘스의 회계업무까지 하게 된 거야."

그가 독일에서 14년을 일했다는 걸 안 순간부터 나는 부족한 영어 대신 독일어로 그 아저씨와 수다를 떤다. 그는 미국인 회사로 옮긴 이후에는 영어를 공부했다고 한다. 루프트한자에서는 직원들에게 가까운 나라는 공짜 티켓을, 장거리는 10퍼센트만 내면 되는 혜택을 주었는데 아저씨는 그 기회를 충분히 이용해서 많은 여행을 했다. 젊어서 독일에서 외국인 노동자로 일하면서 밑바닥 인생을 경험한 그는 전 세계를 여행하는 동안 갖가지 형태의 차별을 경험한다. 그 과정에서 자연스럽게 좋은 세상이란 무엇인가에 대해 고민이 깊어졌고 자칭 '자발적 사회주의자'가 되었다고 말한다. 그는 자신의 조국 터키를 좋아하지 않는다고 말한다. 70이 넘은 지금의 나이에서도 터키로 돌아가고 싶지 않다고 한다. 나는 그에게 나도 그렇게 될까 봐 겁난다고 말한다. "자기 조국을 좋아하지 않는다는 건 별로 유쾌한 일은 아니야." 나는 그 말을 슬프지 않게 말하기 위해 목소리 톤을 높인다. 은퇴 후 전 세계를 여행하면서 다니기까지 그의 인생사는 흥미로웠다. 기력이 남아 있는 나이에 밥벌이 역할에서 벗어나 여행이나 하면서 사는 노년의 인생을 꿈꾸지 않는 사람이 어디 있을까? 이 아저씨와의 만남은 내 여행에서 또 하나의 사진이 된다. 유감스럽게도 그가 그날 산티아고로 돌아가서 더 깊은 얘기를 나눌 수는 없다. 하지만 그의 이름을 기억해야겠다. 그의 이름은 Vural이다. 이름을 듣는 순간 내 얼굴에선 미소가 번진다(아마도 그의 이름은 '부르알'로 발음해야 할 테지만 한국어로는 민망한 게 자동적으로 연상되는 건 어쩔 수가 없다) 어쩌면 그는 내 미소의 뜻을 알아챘을지도 모른다. 세계 여행을 오래 했고 직업상 각국의 사람들과 만났던 그는 한국어로 자기 이름이 무슨 뜻인지 알고 있을 것이다. 하지만 나는 그에게 아무 말도 하지 않았고 웃음이 터질까 봐 끝까지 그의 이름을 발음하지 못했다. 부르알 아저씨 미안.

타인의 불행을 감상하는 불편함

대학에서 스페인어를 전공한 김영숙 선생이 학교 다닐 때 "발파라이소를 '발팔아있소' 라고 부르곤 했다"라고 말해줬다. 세상에… 너무나 적절한 언어유희다. 급경사의 언덕을 따라 집들이 다닥다닥 붙어 있고 그사이 좁은 골목길을 따라 걸어야 하는 동네. 언덕 꼭대기에 서면 네루다가 "대양의 사랑, 세상 모든 해안의 여왕, 파도와 배의 진정한 중심"이라며, "남쪽의 황새치, 물의 여왕, 모래 위에 너만 한 곳이 없다"라고 노래한 발파라이소의 바다와 항구가 보인다. 그걸 보기 위해 급경사를 오를 때는 숨이 턱에 찬다. 아픈 다리로 걷기에는 무서운 경사다. 멀쩡한 다리로도 땀을 흘리지 않고는 걸을 수 없는 힘든 경사길을 다친 다리로 걷는 데는 무한한 인내심과 조심성이 필요하다.

그리고는 본다. 길 위에 차를 세우고 언덕길을 내려가 아래서부터 차곡차곡 쓰레기를 걷어 다시 올라가는 청소부의 붉은 땀을. 겨울에 눈이라도 내린다면 이 길은 통행금지 표지판이 세워질 게 분명하다. 나는 차마 사진을 찍지도 못하고 제자리에 서서 그의 헉헉대는 숨소리를 듣는다. 발파라이소는 아름다운 벽화로 이름난 곳이다. 벽화를 누가 처음 시작했는지는 알 수가 없다. 관광객들은 그 벽화를 보려고 전 세계에서 몰려든다. 골목을 돌 때마다 나타나는 그림에 대한 기대도

그렇지만 항구 가까이에서 언덕을 올려다볼 때면 도시 전체가 하나의 캔버스가 되는 광경을 놓칠 수 없기 때문이다. 도시가 미술관이다. 그곳에서는 창밖에 걸어둔 허름한 빨래도 낭만적인 이미지를 선사한다. 그것을 보고 네루다는 다음과 같이 썼다. "발파라이소에는 골목도 많고 모퉁이도 많고 숨겨진 것도 많은 곳이다. 산동네에서는 가난이 폭포수처럼 흘러내린다. 산동네 사람들이 무엇을 먹고 무엇을 입으며, 무엇을 못 먹고 무엇을 못 입는지, 세상이 다 안다. 집집마다 내걸린 빨래와 끊임없이 늘어나는 아이들은 벌집 같은 판자촌에서도 사랑은 식지 않았다는 증거이다."

그 그림 같은 도시의 주름인 골목길을 땀을 비 오듯 흘리며 누비는 노동자들이 있다. 멀리서 보면 아름다운 예술작품이지만 그 길을 매일 오르내려야 하는 일상을 사는 사람들에게는 결코 쉽지 않은 길이고 공간이다. 그리고 그 집에는 네루다의 표현을 빌자면 '도끼와 배신자에 의해 유린된' 나라의 '학대받은 자식들' 과 '쓰레기와 강풍 사이에서' 하루를 보낸 '피곤한 이들' 이 살고 있는 것이다.

매달려 있는 집들, 발파라이소의 심장소리.
사람으로 넘치는 높은 산들,
터키 색, 붉은 색, 장밋빛으로
칠한 문들,

이빨 빠진 계단,
가난한 문들의 잔해,
낡은 집,
안개, 연기는 물체들 위에
자신의 어망을 펼치고,
절망한 나무들은
낭떠러지에 매달려 있고,
비인간적인 저택의
팔에 걸린 옷,
선단의 아들이 부는
목쉰 호루라기 소리,
소금물 소리,
안개 소리, 철석 대고
속삭이는 바다의 소리,
이 모든 것이 내 몸을 감싼다.
지상의 새 옷처럼.
그리고 나는 위쪽 안개 지대에 산다.
가난한 이들의 높은 마을.

(네루다. '모두의 노래' 중에서)

네루다의 집은 발파라이소의 언덕 꼭대기에 있다. 도시가 한눈에 내려다보이는 위치에 있는 그의 집 마당에 서면 감탄이 저절로 나온다. 거실에서도, 침실에서도, 서재에서도 바다와 도시가 보인다. 나는 그가 누워 있거나 앉아 있거나 서 있었을 지점에서 창을 통해 밖을 바라본다. 아침에 눈을 뜨면 그가 그토록 사랑한 바다가 보인다. 사람들이 불을 켜고 굴뚝에선 연기가 나기 시작하고 어부들이 배를 띄워 바다에 나갈 준비를 하고 빨래가 줄에 걸리고 바람에 나부끼는 광경들. 그 위로 안개가 피어오르는 장면을 "연기는 물체들 위에 자신의 어망을 펼치고"라고 쓰는 시인을 상상한다. 그의 시는 발파라이소의 아침 풍경을 눈앞에 펼쳐 보여준다. 가난한 사람을 사랑했던 그 시인은 가난하지 않았다. 아니, 가난하지 않은 게 아니라 실은 놀랄 정도로 부자였다. 그의 집은 오랫동안 공들여 지은 것으로 자신의 취향이 전적으로 반영된 재미난 곳이었다.

공산주의자였던 네루다가, 가난한 이들을 위해 노래한 그가 의외로 부자였다는 사실에 많은 사람들이 놀랐고 또 일부는 비난했다. 어떻게 공산주의자가 부자일 수 있느냐는 거다. 그는 그때 자신이 부자임을 숨기거나 부끄러워하지 않았다. 대신에 기업가나 연예인들만이 훌륭한 자동차를 타고 좋은 집에서 살아야 한다고 믿는 사람들을 비웃었다. "전 세계에서 출판된 작품의 대가로 시인이 물질적 편안함을 누리는 꼴은 도저히 못 봐주겠다는 사람들이 있다. 작가든 음악가든 화가든 이런 편안함을 누릴 권리가 있는데도 말이다. 시대착오적인 반동 글쟁이들은 매 순간 괴테의 영광만을 외쳐댈 뿐, 오늘날 시인들의 생존 권리를 부정하고 있다. 내가 자동차를 끌고 다니는 게 그들에게는 그렇게 눈꼴사나운 것이다. 그들의 말에 따르면, 자동차는 기업인, 연예인, 포주, 고리대금업자, 사기꾼의 전유물이다."

우리나라에서도 좌파가 강남에 산다고 비난했던 기사를 읽은 적이 있다. 좌파는 언제나 가난해야 한다고 믿는 사람들. 그러니 아무도 좌파가 되려 하지 않는 것일지도 모르겠다. 20대 초반부터 칠레 외교관으로 전 세계를 돌아다녔고 노벨 문학상을 탔으며 전 세계의 존경 받는 지식인으로 살았던 그가 칠레에 집 세 채 정도 있는 게 비난받을 일이겠는가? 타인의 노동을 착취하거나 부당한 이득을 취한 사람이 부자로 사는 건 당연하게 받아들이면서 자신의 예술과 사회적 지위로 얻은 부를 비난한다는 건 부당하다. 어쨌든 사람들은 모두 정직하게 일하고 어떤 일을 하든 무시당하지 않으며 자신의 노동만으로도 '잘 살 수 있는' 세상을 바라는 거 아닌가? 육체 노동자가 사무실 노동자보다 언제나 가난해야 한다고 생각하는 건 육체노동을 천시하던 구시대적 발상일 뿐이다. 우리는 모든 노동이 존중받고 계급이나 피부색이나 젠더에 의해 차별받지 않는 사회를 희망하며 누구든 노력하면 가난에서 벗어날 수 있는 사회를 그리는 것이다.

나는 칠레를 다니면서 부자들이 사는 집을 본 적이 없다. 내가 다녔던 곳에는 늘 가난한 사람들이 있었다. 전 세계의 관광객들이 찾아오는 대부분의 도시에는 그들만의 '독특한' 가난이 있었다. 호스텔에서 만난 덴마크인 친구가 칠레인 친구의 집에 방문했는데 그 집이 엄청난 부자여서 놀랐다는 얘기를 전해줬다. 대문을 지나서도 집까지 가는데 한참을 걸어야 했단다. 대문에서 집은 보이지도 않았다고 했다. 영화에서나 보는 농장의 대부를 실제로 본 느낌을 전하는 그 친구의 얼굴에는 "어떻게 그렇게 부자가 될 수 있지?" 하는 의아스러움이 묻어 있었다. 부자들은 저 아래 사람들의 눈에 띄지 않는 곳에 살거나 설사 언덕 꼭대기에 산다 해도 그들은 걸어 다니지 않으므로 우리들 눈에 보이지 않는다. 그러므로 일반적인 관광객들이 보는 건 타인의 가난이고 도시는 그 가난을 전시하면서 사람을 끌어들이고 돈을 버는 것이다. 발파라이소 언덕을 오르내리는 동안 아름다운 벽화에도 불구하고 느꼈던 불편함. 그것은 타인의 가난과 불행을 전시하고 그걸 감상하는 자가 치러야 하는 대가일지도 모른다.

아프면 보이는 것들

약국에서 구입한 압박 붕대를 힘주어 동여매고 언덕길을 오르내리다가 어느 길모퉁이에서 멈춘다. 고소하고 달콤한 냄새에 두리번거리니 그림같이 예쁜 카페가 보인다. 한국과 같은 카페 개념이 별로 없는 칠레에선 이런 곳이 보이면 무작정 들어가고 싶어진다. 적어도 그 안에선 누가 내 가방을 노릴까 긴장하지 않아도 되는 것이다. 카페 안으로 들어가서 커피와 조각 케이크를 시켜놓고 쉰다. 그러다가 담배를 피우기 위해 밖으로 나온다. 카페 안에서 나처럼 다리를 저는 남자가 동행인과 함께 나온다. 우리는 서로 미소 지으며 인사를 나눈다.
"너는 왜 다쳤니?"
"산티아고에서 시위가 있었는데 완전히 중무장한 경찰들이 투입돼서 폭력이 일어났어. 최루가스가 터지고 난리가 났지. 시위대가 흩어지는 과정에서 경찰들에게 쫓겼어. 나는 그냥 구경만 하던 관광객이었는데도 저들이 마구 쫓아오더라고. 그거 피해서 도망가다가 넘어졌어."
별 구경 하러 갔다가 실패하고 숙소로 돌아가는 길에 도랑에 빠진 나와는 다른 스토리를 가진 그가 부러울 지경이다. 나도 좀 뭔가 그럴싸한 맥락에서 부상당했다고 말할 수 있었으면 좋겠다는 생각을 한다. 우리는 서로의 안녕과 행운을 빌면서 헤어진다.

그 이후로 내 눈에는 다리 저는 사람들이 유난히 눈에 띈다. 여행자들 중에서도, 원래 그랬는지 아니면 여행 도중에 다쳤는지 한쪽 다리가 불편한 사람들이 종종 있지만 현지인 중에서도 내내 그런 사람만 눈에 들어온다. 그중에는 노인도 많고 아이도 있다. 속도가 늦을 수밖에 없는

Lipigas

우리는 서로 지나치면서 눈인사를 나누곤 한다. 격려를 담은 눈빛, 혹은 외면. 그런데 사람만 그런 게 아니다. 칠레에는 유난히 길거리 개들이 많은데 그 개들 중에서도 다리를 다친 개들이 많다. 원래 노숙 생활이라는 게 자유로운 대신 위험을 감수해야 하는 법. 나는 동병상련을 개들에게까지 느낀다. 개들도 의자에 앉아 쉬는 내게 와서 가만히 머리를 기대곤 한다. 평소에는 전혀 눈에 들어오지 않았을 장면이 눈에 들어오는 건 당연한 일이다. 신발을 사려고 마음먹으면 길가는 사람들의 신발만 보이고 미장원에서 머리 잘못 자른 후에는 사람들 머리 모양만 보이는 것처럼 아픈 사람 눈에는 아픈 사람이 보이는 법이다. 그렇게 쉬다 보면 지나가는 사람들의 표정이 보인다. 삶에 지친 사람들, 조금만 건드리면 울어버릴 것 같은 표정을 하고 지나가는 사람들. 아니, 어쩌면 그건 내 마음이 투사된 것인지도 모른다.

처음에 다리를 다쳤을 때는 느끼지 못했는데 넘어질 때 부딪혔는지 왼쪽 옆구리가 심하게 결린다. 하품을 해도 아프고 잘 때 왼쪽으로 돌아누워도 심한 통증이 온다. 눕고 일어서는 동작도 힘들다. 아마도 넘어질 때 같이 다친 모양이다. 그런데 어떤 과정으로 갈비뼈를 다친 건지 도무지 모르겠다. 샤워할 때 양쪽 무릎이 심하게 까지고 멍이 든 것도 발견했다. 부어오른 발등과 발꿈치 양쪽은 시커멓게 변했다. 하지만 멍은 시간이 지나면 빠지리라는 것을 알고 있고 인대가 늘어난 것도(실은 인대가 늘어난 거라고 스스로 진단해버린 것이지만) 시간이 해결해 주리라 생각한다. 당분간은 압박 붕대가 도와줄 것이다. 속도를 줄이고 욕심만 버리면 여행은 마칠 수 있으리라. 나는 매 순간 그렇게 반복해서 자기 최면을 건다.

남편으로부터 이메일이 왔다. 그는 걱정 대신 "이번 여행은 발이 천천히 걷는 여행이 아니라 마음이 천천히 움직이는 여행으로 삼으라"라고 썼다. 그것은 속으로 겁먹고 조바심치는 내게 보내는 최고의 격려였다.

이슬라 네그라

왕복 6천 페소를 내고 이슬라 네그라 행 버스표를 샀다. 산티아고로부터는 120킬로미터 떨어져 있는 곳이지만 발파라이소에서는 그보다 훨씬 가깝다. 호스텔에서 만난 아르헨티나인 친구들이 같이 가자고 했지만 폐를 끼치기 싫었다. 그들이 내 걸음 속도에 맞추느라 애쓰는 걸 보는 것이 편치 않다. 그리고 분명히 나는 다른 사람들이 가지 않는 길을 선택해서 걸으려고 할 텐데 친하지도 않은 사람들에게 동의를 구하고 그들의 시간과 심리를 가늠하느라 마음 쓰는 게 불편하기 때문이다. 젊은 그들은 언제나 밤늦게까지 놀다가 새벽에나 잠이 들었고 다음 날 오전 10시나 되어야 일어나 아침을 먹는다는 걸 알고 있다. 나는 언제나 아침 일찍 일어나 제일 먼저 아침 식사를 하는 사람에 속한다. 나는 그들에게 먼저 출발해서 구경하고 있을 테니 천천히 오라고 말한다. 이슬라 네그라는 코딱지만 한 작은 마을이니 우리는 만날 수밖에 없다고 덧붙인다. 그리고는 내심 그들과 조우하지 않기를 바라면서 길을 떠난다.

버스터미널이라기보다는 마을버스 정류장처럼 보이는 곳에 내려 표지판을 따라가는 길에 네루다 얼굴이 그려진 식당 간판이 보인다. 이슬라 네그라, "검은 섬"이라는 뜻이다. 그러나 그곳은 섬도 아니고 검기는커녕 황톳길이다. 볼 거라고는 별로 없는 그 해변을 관광객들이 찾는 이유는 전적으로 네루다 때문이다. 칠레에선 미술관이나 박물관이 대부분 공짜거나 1천 페소지만 네루다 집만은 예외다. 산티아고의 '라 세바스티아나' 만 6천 페소이고 발파라이소와 이슬라 네그라에 있는 집은 7천 페소나 된다. 재미있는 건 무료입장이거나 기껏해야 천 페소만 내면 훌륭한 공간에 멋진 작품과 전시를 볼 수 있는 미술관, 박물관에는 사람이 거의 없지만 6, 7천 페소를 내야 볼 수 있는 네루다의 집에는 언제나 사람들로 북적인다는 사실이다. 나는 세 군데의 네루다 집을 모두 가봤다. 크기도 그렇지만 미로 같은 집의 구조나 전시 작품의 규모 면에서 보자면 단연 산티아고의 집이 최고다. 그런데 나는 이슬라 네그라의 집이 좋았다. 이유 같은 건 물을 필요가 없다. 그냥 가보면 알게 된다. 왜 네루다가 이슬라 네그라에 자신을 묻어 달라고 했는지를… 그의 집 창문으로 밖의 풍경을 보는 순간 '아!' 하는 탄식과도 같은 감탄사가 흘러나온다. 그렇게 되어 있다.

기록에 의하면 조용히 살고 싶어 하던 네루다는 일부러 집안에 전화도 놓지 않았고 집 근처의 여관 전화를 이용했단다. "누군가를 심판하기 위해서가 아니라 사랑하기 위해서 태어났다"라고 스스로에 대해 말하는 시인은 아버지가 주신 시계를 전당포에 맡기고 가구를 판 돈으로 〈황혼 일기〉라는 첫 시집을 낸 이후 목가적이면서 젊은 날의 고뇌와 우수를 담은 사랑의 송가 〈스무 편의 사랑의 시와 한 편의 절망의 노래〉와 자아의 문제를 다뤘다는 아방가르드 시 〈지상의 거처〉를 쓰고 유명해졌지만 스페인 내전을 경험하면서 시의 방향을 바꾸어 버린다. 자서전을 읽어보면 네루다는 이십 대 초반에 일찌감치 외교관으로 세계 곳곳을 돌아다니며 살아보는 행운을 누렸다는 걸 알 수 있다. 버마, 스리랑카, 자바, 부에노스아이레스, 스페인 등에서 영사를 지냈고 중국, 일본, 싱가포르, 인도와 러시아, 몽골, 유럽 전역과 남미 전역을 여행했다. 세계를 여행한 사람다운 폭넓은 이해심을 소유한 그는 스페인 내전 당시 스페인 주재 영사로 있었는데 외교관 신분으로 반 프랑코 성명서에 서명했으며 반파시스트 활동을 벌이다가 칠레 정부로부터 파면당한다. 그의 시가 사랑과 실존적 고민을 담은 것에서 사회적인 것으로

BUZIOS BRASIL

변한 데는 절친이었던 시인 로르카가 암살당한 사건이 결정적인 계기가 되었다. "최초의 탄환이 스페인 기타를 관통하고 거기서 음악 대신에 피가 솟구쳐 나오자 내 시는 인간의 절망이 널브러진 길 한가운데서 유령처럼 서성거렸고, 시에서는 무수한 뿌리가 생겨나고 피가 강물처럼 흘렀다. 그때부터 내 길은 다른 사람들의 길과 합류하게 되었다. 그리고 문득 고독이라는 남쪽에서 민중이라는 북쪽으로 방향을 전환한 나 자신을 보게 되었다. 내 보잘것없는 시는 민중에게 칼이 되고 손수건이 되어, 무거운 고통으로 흘린 땀을 닦아 주고 빵을 위한 투쟁의 무기가 되기를 열망했다." (파블로 네루다 자서전. 사랑하고 노래하고 투쟁하다. 민음사, 2008. 228쪽)

무기가 되고 투쟁의 동반자가 되는 시를 쓰기로 결정한 시인은 1945년에 상원의원에 당선되면서 칠레 공산당에 가입한다. 그를 지지했던 사람들은 신발도 못 신고 일하는 거리의 사람들과 검은 얼굴의 광산 노동자들이었다. 1946년에 대통령으로 당선된 가브리엘 곤살레스 비델라는 좌파와 연합해서 당선되었지만 곧 변절한다. 자신을 지지했던 광부들의 파업을 무자비하게 진압하고 공산당을 불법화했다. 1948년에 네루다는 〈나는 고발한다〉라는 연설문을 통해 그런 대통령 탄핵을 주장하다가 국가원수 모독죄로 검거령이 내려져 이후 3년간 도망자 신세가 된다. 시인은 "매일 이 집 저 집 옮겨 다녔고 누구나 그를 숨겨 주었다"라고 쓴다. 추적을 피해 안데스 산맥을 넘어 아르헨티나로 갔고 거기서 친구의 도움으로 프랑스로 넘어가 망명 생활을 한다. 그 망명 생활은 52년에 끝난다. 그가 스스로를 "칠레인이자 페루인이고 아메리카인"이라고 느끼게 되면서 칠레라는 한 국가의 경계를 넘어 남미의 역사와 자연과 투쟁과 해방의 과정을 아우르는 〈모두의 노래〉라는 대서사시는 이 도피 생활 도중에 거의 대부분이 쓰인 것이었다.

체 게바라가 사랑했던 시인, 그래서 볼리비아 산속에서 활동하던 체 게바라가 마지막 순간까지 배낭에 넣고 다녔다는 그 〈모두의 노래〉를 나는 이번 칠레 여행의 짐 속에 챙겨넣었다. 2016년 8월에 문학과지성사에서 번역되어 나온 이 책은 하드커버인 데다가 732쪽이나 되어 무게만 해도 2킬로그램에 달한다. 장기 여행에 들고 가기에는 부담스러운 책이다. 하지만 망설임 없이 여행의 동반자로 이 책을 선택한 이유는 체 게바라 때문이다. "게릴라 전을 하면서도 가지고 다녔다잖아. 여행하면서 무겁다고 빼는 건 체 게바라에 대한 예의가 아니지" 그리고 나는 장소를 옮길 때마다 그 책을 가지고 온 걸 후회했다.

집 안에 전시되어 있는 네루다의 수집품을 보고 있자면 웃음이 나온다. 누군가는 네루다의 취향을 칭찬하지만 그의 수집품은 다분히 키치한 면이 있다. 하지만 그것을 숨기지 않는 천진난만함이 느껴진달까?

그는 어려서부터 호기심이 많아서 신기한 것을 모으는 수집벽이 있었다고 한다. 미래에 시인이 될 어린 소년은 '솔방울, 딱정벌레, 새, 풍뎅이, 메추리 알, 도토리'를 보면 마음을 빼앗겼다. 이토록 감각적이었던 소년 네루다는 손수건으로 호박벌을 잡아 귓가에서 윙윙대는 벌 소리를 듣곤 했단다. 특히나 뱃머리에 다는 조각을 좋아해서 칠레에 있는 세 군데의 집 모두에서 다양한 모양의 뱃머리 조각을 볼 수가 있다. 희귀한 모양의 소라와 조개껍질, 배 모형을 병에 넣은 것들, 그리고 방마다 커다란 유리창을 내어 하루 종일 바다를 볼 수 있도록 한 것, 아예 집 구조를 배처럼 만든 것을 보면 그의 바다 사랑이 유별나다는 것도 알 수 있다.

서재의 책상 위에는 언제나 여인의 손 모양을 한 조각이 놓여 있었다. 종이가 날아가지 못하도록 묵직하게 눌러놓는 용도다. 그 손의 주인공은 네루다의 세 번째 부인 마틸데라고 알려져 있다. 글을 쓰느라 떨어져 있는 동안에도 그녀의 손은 늘 가까이 있다. 네루다의 수집품이 진열되어 있는 집을 돌아다니면서 '나는 이토록 열광적으로 무언가를 좋아하기는 하는 걸까? 만약 충분한 돈이 있다면 내 집에는 무엇이 있을까?' 하는 생각이 든다. 하다못해 어렸을 적 많이 하는 우표 수집도 해본 적이 없고 어떤 것도 내 것으로 만들기 위해 애쓴 적이 없는 나는 그의 수집벽이 신기하기만 하다.

네루다는 이슬라 네그라의 집을 "구리, 석탄, 초석 노동자 조합에 남긴다."라고 썼다. 그곳에서 "도끼와 배신자에 의해 유린된 내 조국의 학대 받은 자식들이 쉬기를 바란다."라는 유언 같은 시를 남긴 것이다. "피곤한 이들이 내 권한 아래 있는 깨끗한 사랑 안에서 쉬기를, 어두운 이들이 내 식탁에 앉고 상처받은 이들이 내 침대에서 자기를" 바랐다. 하지만 네루다의 염원은 이루어지지 않았다. 그 자신은 우여곡절 끝에 원하는 대로 이슬라 네그라에 묻혔으나 그의 집은 박물관이 되어 칠레에서 가장 비싼 입장료를 내고 들어가야 하는 곳이 되었기 때문이다. 관광객들은 그가 바라보았던 바다를 바라보고 그가 수집한 소라와 그가 쓰던 책상과 세계 각국에서 온 그릇과 장난감들을 보지만 그때나 지금이나 가장 가난한 그의 '친구'들은 그 집에 들어가려면 주머니 사정을 수없이 헤아려 봐야만 하는 것이다.

네루다의 집을 나왔더니 사람들이 마당에서 사진을 찍느라 분주하다. 나는 집을 나와 오솔길로 들어선다. 어느 순간 소음이 사라진다. 마치 딴 세상에 와 있는 것처럼 순식간에 고요가 찾아온다. 그 길을 따라 조금 내려가니 바닷가로 가는 길이 나온다. 한 발 한 발 조심스레 계단을 내려간다. 놀라움에 걸음을 멈춘다. 짙푸른 바다, 힘차게 밀려오는 파도의 하얀 포말, 그 시원하고 웅장하며 멋진 풍경은 이루 말로 표현할 수 없이 아름답다. 저 멀리 네루다의 집과 개미처럼 작게 보이는 사람들의 북적거리는 모습이 보이지만 이곳에는 오직 나와 바다만 있다. 나는 바위 위에 앉아 끊임없이 힘차게 몰아치는 파도를 바라본다.

'여기 이슬라 네그라는 바다, 온통 바다라네.
순간순간 넘실거리며
예, 아니요, 아니요라고 말하지.
예라고 말하며 푸르게, 물거품으로, 말발굽을 울리고
아니요, 아니요라고 말하네.
잠잠히 있을 수는 없네.
나는 바다고
계속 바위섬을 두드리네.
바위섬을 설득하지 못할지라도.
푸른 표범 일곱 마리
푸른 개 일곱 마리
푸른 바다 일곱 개가
일곱 개 혀로
바위섬을 훑고
입 맞추고, 적시고
가슴을 두드리며
바다라는 이름을 되풀이하네.'

그의 시가 머릿속을 맴돌고 나는 네루다가 되어버린다. 그의 시가 곧 바다다. 나는 시간이 가는 줄도 모르고, 지루한 줄도 모르고 그 서늘한 푸른색과 웅장한 파도의 움직임과 힘과 지칠 줄 모르는 끈기에 매혹된 채 앉아 있다.

'동지들이여, 나를 이슬라 네그라에 묻어 주오.
내가 아는 바다 앞 그 주름진 마디마디 앞에,
잃어버린 눈으로 다시는 볼 수 없을 바위와 파도가 머무는'

나는 그 자리에서 왜 그가 자기를 이슬라 네그라에 묻어달라고 했는지 이해한다. 나라도 그랬을 것이다.

네루다의 우편배달부

칠레 여행을 준비하면서 읽은 또 한 권의 책은 안토니오 스카르메타가 쓴 〈네루다의 우편배달부〉다. 영화로도 만들어져 많은 사람들의 사랑을 받았던 그 책은 대단히 재미있다. 영화에서는 배경이 이탈리아의 한 마을로 되어 있지만 원작에서는 이슬라 네그라가 배경이다. 주인공 마리오 히메네스는 일자리를 구하다가 자전거가 있다는 이유로 우편배달부가 되는데 마을 사람 대부분이 계산서도 못 읽는 까막눈이므로 유일하게 우편물을 받는 사람은 파블로 네루다 한 명뿐이다. 수신인이 단 한 사람이지만 그는 매일 몇 킬로그램이나 되는 편지를 받는 유명한 시인이다. "어깨에 코끼리를 짊어지는 것" 같은 무거운 우편물을 배달하던 마리오는 시인 네루다와 우정을 쌓게 된다. 느끼는 바를 표현할 줄 몰랐던 마리오가 시인 네루다를 만나 메타포를 알게 된다. 마리오가 메타포를 이해하게 되는 과정은 아름답다. 그대로 옮긴다.

마리오는 돈 때문이 아니라 눈앞에 닥쳐온 이별 때문에 괴로워하며 "감사합니다"라고 말했다. 그 슬픔이 마리오를 돌부처로 만들었다. 걱정스러울 정도였다. 집 안으로 들어가려던 시인은 마리오가 드러내놓고 풀 죽어 있는 통에 왜 그러는지 궁금해졌다.
"무슨 일 있냐?"
"네?"
"전봇대처럼 서 있잖아"
마리오는 고개를 돌려 시인의 눈을 찾아 올려다보았다.
"창처럼 꽂혀 있다고요?"
"아니, 체스의 탑처럼 고즈넉해"
"도자기 고양이보다 더 고요해요?"
네루다는 문손잡이를 놓고 턱을 어루만졌다.
"마리오. 내게는 〈일상 송가〉보다 훨씬 더 괜찮은 책들이 있네. 그리고 온갖 메타포로 나를 시험에 들게 하는 건 부당한 일이야"

"뭐라고요?"

"메타포라고!"

"그게 뭐죠?"

시인은 마리오의 어깨에 한 손을 얹었다.

"대충 설명하자면 한 사물을 다른 사물과 비교하면서 말하는 방법이지"

"예를 하나만 들어주세요"

네루다는 시계를 바라보며 한숨지었다.

"좋아. 하늘이 울고 있다고 말하면 무슨 뜻일까?"

"참 쉽군요. 비가 온다는 거잖아요"

"옳거니. 그게 메타포야"

"그렇게 쉬운 건데 왜 그렇게 복잡하게 부르죠?"

"왜냐하면 이름은 사물의 단순함이나 복잡함과는 아무 상관없거든. 자네의 이론대로라면 날아다니는 작은 것은 마리포사처럼 긴 이름을 가지면 안 되겠네. 엘레판테는 마리포사와 글자 수가 같지만 훨씬 더 크고 날지도 못하잖아" (27~28쪽)

책이 너무나 재미있고 아름다워서 나는 굳이 영화를 보지 않았다. 행여 책에서 받은 감동을 훼손할까 염려했기 때문이다. 네루다가 대통령 후보가 되어 떠나고 '자신을 생매장시켜 버렸으면' 하는 마음이

들 정도로 상실감에 젖은 마리오는 네루다를 통해 배운 시의 언어, '메타포'를 사용해서 첫눈에 사랑에 빠져버린 베아트리스에게 사랑을 고백한다. 베아트리스의 엄마는 그것을 "네루다 씨 시를 베낀" 거라고 주장하며 딸을 마리오에게서 떼어 내려고 한다. "강물은 자갈을 휩쓸어 오지만 말은 임신을 몰고 오는 법"이라 말하면서 말이다. 폭소를 터뜨린다. 책에는 이런 식의 메타포와 시적 언어로 가득 차 있다.

이 책의 백미는 섬이 그리웠던 네루다가 마리오에게 편지를 보내면서 녹음기를 함께 보내어 섬의 소리를 녹음해 달라고 부탁하고 마리오가 그 부탁을 수행하는 대목이다. 종루의 바람 소리와 종소리, 바위에 부딪히는 파도 소리, 갈매기 울음소리, 벌집 소리, 파도가 물러가는 소리, 그리고 새로 태어난 마리오 아들의 우렁찬 울음소리. 나도 바닷가에 앉아 그 소리들을 듣는다. 내 몸은 감각 덩어리가 된다.
하지만 이 소설은 슬프게 끝을 맺는다. 피노체트 쿠테타가 일어나고 섬으로 돌아온 네루다는 병석에서 일어나지 못했고 그사이 아옌데는 모네다 궁에서 저항하다 끝내 목숨을 잃는다. 군부는 네루다에게 온 편지와 전보도 전달하지 못하도록 차단한다. 군인들이 집 주변을 감시한다. 네루다에게 우편물을 전달해야 했던 마리오는 전보를 모두 읽고 외운 후에 위험을 무릎 쓰고 몰래 시인의 집으로 가서 그 내용을 전달한다. 하지만 네루다는 기력을 회복하지 못하고 마리오에게 기대어

LES AUTHENTIQUES
MACARONS

마지막 시를 읊는다.

소매치기

푸에르토 바라스로 떠나는 날, 발파라이소의 숙소를 나서면서 수도 없이 망설인다. 몸 상태를 생각하면 택시를 타야 맞지만 여행지에서 택시를 탄 일이 거의 없는 나는 그 순간에도 갈등을 한다. 그리고는 버스를 타는 것으로 결정을 내린다. 정류장이 멀다면 모를까 계단을 내려와 길을 두 번만 건너면 정류장이다. 일단 정류장까지만 가면 그때까지의 경험상 누구든 다리 저는 내게 자리를 내줄 거라는 확신이 있다.
앞뒤로 배낭을 메고 천천히 정류장까지 다 왔을 때 한 남자가 내 곁을 스쳐 지나간다. 그는 온몸으로 자신의 불행한 기운을 뿜어내고 있다. 어두운 표정, 금방이라도 무슨 일을 칠 것 같은 불안한 눈빛. 그는 지나가다 말고 어물쩍 내 주변에서 멈춘다. 믿을지 모르겠지만 나는 그때 알아챘다. 그가 나와 악연을 맺으리라는 것을.
누가 봐도 나는 쉬운 표적이다. 동양 여자고 혼자이고 무거운 짐을 지고 있고 결정적으로 다리를 전다.
'그녀는 지금 버스를 기다리고 있다. 비록 앞으로 멘 배낭이지만 그 주머니에서 핸드폰이 보인다. 저거 빼내는 건 식은 죽 먹기다.' 나는 그의 머리에 스치는 생각을 읽고 만다.

마침 버스가 도착한다. 지팡이를 빼서 한 손으로 몰아 쥐고 버스 손잡이를 잡고는 힘겹게 한 발을 계단에 올려놓는다. 막 힘을 줘서 계단에 올라서는 순간, 그 남자가 내 배낭 주머니에서 핸드폰을 빼낸다. 나는 마치 기다렸다는 듯 고개를 돌려 그의 얼굴을 바라본다. 우리 두 사람의 시선이 공중에서 마주친다. 그는 몸을 돌려 달리기 시작한다.

핸드폰이 없어지는 순간은 무슨 영화의 한 장면처럼 '느린 화면'으로 내 기억 속에 저장되어 있다. 나는 그 순간의 세세한 모든 것을 다 기억하고 있다. 그건 매우 놀라운 일이다. 왜냐하면 나는 간혹 내 전화기의 열림 패턴도 잊어버릴 만큼 기억력이 엉망이기 때문이다.

"야, 그거 내 핸드폰이야" 긴박한 그 순간에도 나는 영어로 소리를 쳐야만 한다. 주변에서 내 말의 뜻을 금방 알아차릴 수 있도록 해야 하기 때문이다. 다행히 그 말은 문법을 고민할 정도의 복잡한 문장은 아니다. 나는 버스에서 내려와 위태롭게 뒤뚱거리며 그 남자를 따라가기 시작한다. 마침 옆에는 가족과 함께 산책 중이던 중년 남자가 있다. 그는 내 소리를 듣고 소매치기의 뒤를 쫓기 시작한다. 길을 건너던 한 젊은 남자도 소매치기를 따라 뛴다.

당연히 내 걸음은 형편없이 느리고 그를 따라잡는 건 도저히 불가능하다. 그저 저만치 도망가는 남자를 허망하게 바라볼 뿐이다. 소매치기는 목숨을 걸고 뛰고 뒤쫓는 사람들은 자기 일이 아니었으므로 그토록 절박하지 않고, 그러므로 그를 따라잡을 수가 없다. 사람들이 웅성

거리며 내 주변에 모여든다. 잠시 후에 뒤따라가던 남자들이 숨을 헐떡이며 다시 내 쪽으로 온다. 그리고 내게 유감의 뜻을 전한다. 나는 그들에게 감사하다는 인사를 한다. 할 수 없지 않겠느냐고, 이왕 벌어진 일이니 어쩌겠냐고 말한다. 주변에 서 있던 사람들이 내게 없어진 게 뭐냐고 묻는다. 돈은 있냐고, 버스 탈 돈을 내주려 지갑을 뒤지는 사람도 있다. 나는 돈은 있다고, 괜찮다고, 핸드폰 없어진 건 별문제 아니라고 사람들을 안심시킨다.

어쩔 수 없는 일이기도 했지만 절룩거리며 따라가다 말고 나는 지레 포기하는 마음이 들었던 것도 사실이다. 그의 눈빛이 잊히지 않았기 때문이다. 온몸으로 자신의 불행을 뿜어내던 눈빛. 어느 순간 나는 마음이 풀어지고 말았다. 외려 내가 가진 핸드폰이 좋은 게 아니어서, 한국에서는 공짜폰으로 주는 후진 거여서 미안하기까지 했다. 만약 좋은 것이었다면 그걸 팔아서 몇 끼 식사가 가능했을지도 모르지만 저거 팔아서는 얼마 되지도 않을 텐데, 하는 생각이 든다. 핸드폰, 까짓것 없어도 살지, 내가 언제부터 핸드폰 갖고 다니며 여행했다고… 이왕 없어진 거 쿨하게 포기해 버린다.

하지만 여행 중에 핸드폰이 없다는 건 상당히 불편한 일이다. 칠레로 오기 전 인터넷으로 여행자 보험을 들어놨던 터라 일단 경찰을 찾아

폴리스 리포트를 받아야겠다는 생각을 한다. 하지만 시간이 없다. 버스는 2시간 후면 출발한다. 터미널 근처에서 경찰서가 어디냐고 물으니 거리에서 물과 음료수를 팔던 아저씨가 자기 전화로 경찰을 불러준다. 하지만 경찰은 나타나지 않는다. 포기하고 그냥 가려는데 음료수 아저씨가 나를 소리쳐 부르더니 근처에 있던 의회의 경비 경찰에게 인도한다. 어느 도시나 가장 위험한 지역인 버스터미널 근처에서 담장이 쳐진 칠레 의회 건물의 정원 안으로 들어간 나는 경찰들의 보호 아래 안도의 숨을 쉰다. 하지만 그 경찰들은 의회를 지키는 보안 요원일 뿐. 나를 위해 해줄 수 있는 건 아무것도 없다. 그들은 근처의 또 다른 경찰들을 호출한다. 그들은 나를 경찰차에 태워 버스터미널로 간다. 나는 경찰차 안에서 안도감을 느끼는 여행자 신세다. 그러나 그들은 아무도 영어를 하지 못한다. 터미널에 있던 사람들 중 청년 하나가 통역을 자처하고 나선다. 대강의 사태 파악만 한 경찰은 내가 폴리스 리포트가 필요하다는 사실은 인지했으나 내 출발 시간까지 그것을 마무리하지 못할 거라 판단해서 버스터미널로 데려다준 거라고 설명한다. 결국 해결된 건 아무것도 없다. 내가 알아낸 건 '푸에르토 바라스에 가서 경찰서로 가면 폴리스 리포트를 쓸 수 있다.' 라는 사실 뿐이다.

PASAJE
SANTA LUCIA

네 번째 행운: 괜찮아, 잘 될 거야

푸에르토 바라스에 도착하다

그렇게 밤새 버스를 타고 푸에르토 바라스에 새벽에 도착했을 때의 막막함을 어떻게 설명해야 할지 모르겠다. 이른 아침이고 터미널은 텅 비어 있다. 버스에서 내린 다른 여행자들은 바삐 자기 숙소를 찾아 떠나고 시골 버스터미널의 작은 마당엔 나 혼자 남았다. 관광 안내소는 10시나 되어야 문을 열 거라고 창구에 있던 사람이 말해준다. 핸드폰을 잃어버릴 걸 예상하지 못한 탓에 나는 출발 전에 예약한 호스텔의 이름만 갖고 있다. 심지어 주소도 없다. 주소도 없이 호스텔 이름만 가지고 찾아가야 한다. 구글 앱으로 길 찾는 방법을 막 배우긴 했지만 막상 쓸 상황이 되니 그걸 써먹을 수가 없게 되어버렸다. 아직 동이 트지 않은 새벽하늘을 멍하니 쳐다보며 담배 한 대를 피운다. '그래, 내가 언제 핸드폰 보며 길 찾았나? 이번만 막막한 게 아니라 길 찾기는 언제나 막막했어. 특별히 달라진 건 하나도 없어' 하는 자포자기인지 용기인지 모를 마음이 든다.

일단 첫발을 내딛는 게 중요하다. 그렇게 걷기 시작하면 어느새 두려움은 사라지고 마침내 어디든 가게 되어 있다. 나는 절룩거리며 길을 걷기 시작한다. 천리 길도 첫걸음에서 시작한다지 않는가. 가다 보니 어떤 호스텔 간판이 보인다. 아직 가게들은 문을 열지 않았지만 저긴 분명히 누군가 있을 것이다. 그들에게 물어보면 된다. 그런데 또 30계단쯤 올라가야 하는 곳이다. 할 수 없다. 천천히만 가면 된다. 저만치 앞서 달려가는 마음의 조급함만 이겨내면 언젠가는 어디든 도착하게 되어 있다. 그곳 호스텔에서 일하는 사람에게 내가 가야 하는 곳의 이름을 대니 비치된 지도를 주며 친절하게 알려준다. 그렇게 멀지 않은 곳이다.

마침내 목적지인 백패커스 호스텔을 찾았다. 체크인 시간까지 기다려야 한다. 마침 길을 떠나기 위해 로비에 앉아서 인터넷을 하고 있던 청년이 눈에 띈다. 옌스라는 이름의 독일 청년이다. 마음이 절박해서였을까? 나는 평소의 나답지 않게 그 남자에게 그동안 일어난 일을 얘기하기 시작했고 그는 그것을 집중해서 듣는다. 그리고는 선뜻 자기 핸드폰을 내민다. "스카이프를 쓰면 네 남편에게 소식을 전할 수가 있어. 나는 스카이프를 쓰니까 비용 들이지 않고 국제전화를 할 수가 있지. 내 핸드폰을 써. 또 필요한 게 있으면 말해. 무엇을 도와줄까?"

그는 군대를 마치고 18개월 예정으로 여행에 나선 청년이었다. 낙담해 있는 내게 여행을 하다 보면 별별 일이 다 생기는 법이라고, 누구에게나 그런 일은 일어난다고 위로한다. 자기도 크레디트 카드를 잃어버렸다고, 그래서 수소문해서 누군가의 통장으로 송금을 해서 돈을 찾은 적이 있다고 차분한 목소리로 말한다. 그렇지. 얻는 게 있으려면 잃는 것도 있는 법이지. 그 속에서 평정심을 잃지 않는 게 무엇보다 중요하다. 미안하고 고마운 마음을 전하니 그가 어른처럼 말한다.

"살다 보면 분명히 원치 않는 일이 일어나게 되어있고 그때 우리는 누군가의 도움을 받으면서 살게 되어 있잖아. 그러므로 누군가를 도와줄 때 생색낼 필요도 없고 누군가의 도움을 요청하면서 너무 부끄러워할 필요도 없어. 지금 누군가의 도움을 받았으면 나중에 살면서 또 누군가를 도와주면 되는 거야." 세상에… 그런 어른스런 말로 50이 넘은 나를 위로하고 있는 그는 이제 겨우 이십 대 후반이다.

이번 여행에서 나는 정말로 많은 사람들로부터 배움을 얻었다. 미안하다는 말을 하기 싫어서 절대로 지각도 하지 않는 자존심 강한 내가, 누가 봐도 분명한 약자가 되어버린 이후 수시로 누군가의 도움이 필요한 상황에 처했다. 나는 내 모든 표정과 분위기로 그 난감함과 불행감을 표현했을 것이다. 내가 원하던 여행은 이런 게 아니었다고. 내가 통제할 수 없는 이런 상황은 정말 싫다고. 다 포기하고 그냥 돌아가고 싶다고. 왜 자꾸만 이런 악운이 겹치느냐고. 누군가에게 고맙다거나 미안하다거나 도와달라는 말을 해야 하는 이런 상황이 견딜 수 없다고. 나는 속으로 수도 없이 그런 말을 외치고 있었다. 옌스는 그런 나의 마음을 그대로 읽기라도 한 듯이 내게 저런 조언을 해준 것이다.

이처럼 외로운 적이 있었나?

호스텔에서 방을 배정받고 샤워를 마친 후 정원에 나왔을 때는 마음이 많이 안정되었다. 괜찮다. 다 잘 될 거다. 마음을 다독인다. 큰일 난 건 하나도 없다. 겨우 핸드폰 하나 잃어버렸을 뿐이니까. 여기 머물면서 발도 회복하고 은행에 가서 돈도 찾아보고 칠로에 섬이며 푸에르토 몬트에도 놀러 가고 천천히 쉬지 뭐. 날씨도 좋고 경치도 더할 나위 없이 좋다. 그동안 나는 너무 많은 욕심을 부리며 살았어. 아무것도 하지 않고 시간을 보내면 어때? 항상 뭔가를 해야 한다는 강박관념 같은 거 버리자. 네루다도 그랬잖아. 모든 시인들이 아무에게도 말하지 않는 세상의 비밀이 있다고. 그건 바로 "시간을 허비하는 것만큼 아름다운 것은 없다"라는 것이라고 말이다. 나는 그 '세상에서 가장 아름다운 비밀',

즉 시간을 허비하려고 굳게 마음먹는다.

그게 아니다. 이 대목에서 나는 솔직해져야만 한다. 나는 다리를 다친 이후 매일매일 기적을 꿈꾸었다. 내일이면 거짓말처럼 통증이 없어져 있지는 않을까? 그래서 발목을 이리저리 돌려보면서 “어? 발이 안 아프네? 걸을 수 있네?” 하면서 놀라지 않을까? 잠자리에 들 때면 간절하게 바라곤 했다. 하지만 언제나 그랬듯 기적은 없었다. 발은 여전히 아팠고 진통제가 없으면 견디기 힘들었다. 계단을 오르내리는 것도, 평지를 걷는 것도 쉽지 않았다. 조그만 돌멩이가 있어도 날카로운 통증이 밀려왔다. 자연스레 오른쪽 다리로 무게가 실렸고 오른쪽 무릎에 무리가 오기 시작했다. 지팡이를 짚고 걷지만 속도는 달팽이처럼 더뎠다. 조급해하지 말자고 다독이지만 그 다독임은 조급함의 반영에 불과했다.

지나고 보니 푸에르토 바라스에서 나는 얼마간의 ‘우울증’을 앓았던 것 같다. 멀리 화산이 보이는 호수를 끼고 있는 도시의 풍경은 더할 나위 없이 아름답고 날씨는 춥지도 덥지도 않고 쾌적하며 독일인이 정착해 만든 도시답게 도로도 널찍널찍 한 게 잘 포장되어 있고 건물들도 듬직하면서 안정적이다. 지금까지 거쳐온 칠레의 다른 어떤 도시들과 다르게 ‘안심이 된다.’ 그렇다. 내게는 무엇보다 안정감이 필요했고 이 도시는 내게 그것을 가져다주었다. 게다가 호스텔의 정원은 얼마나

아름다운지… 어딜 가나 가득했던 매연도 없고 비포장도로에서 풀풀 날리던 먼지도 없으며 거리는 한산하다. 다른 때 같았으면 나는 아무런 불평을 하지 않았을 것이다. 하지만 나는 불만거리들을 만들어내고 있었다. 호스텔의 전기는 자주 끊기고 물가는 비싸며 샤워기는 버걱대고 숫자가 부족한 화장실 때문에 자주 문 앞에서 기다려야 한다. 낡은 탁자와 의자들은 흔들리고 스태프들이 청소는 열심히 하지만 컵은 이가 빠진 것 투성이다. 아침 식사는 초라하고 인스턴트커피도 지겨우며 저녁마다 부엌은 음식을 해 먹는 숙박객들로 북적거린다. 누구도 혼자가 아니고 나도 원하기만 하면 그들 사이에 낄 수 있지만 그러고 싶지 않다. 나는 흥겹게 노는 그들 사이에서 혼자 겉돈다.

나는 수시로 우울에 빠진다. 정원의 흔들의자에 앉아 있거나 나무 둥치를 자른 그루터기에 앉아 나뭇가지 사이와 민들레 홀씨 사이에 스미는 햇살을 한없이 바라보지만 사진기를 꺼낼 의욕도 일지 않는다. 그런 내 옆에 살며시 앉아 기타로 위로해 주는 청년도 있고 은하수가 담겨 있는 게 아닐까 싶을 정도로 반짝이는 검은 눈을 가진 콜롬비아 아가씨와 샐러드를 같이 나눠 먹기도 하지만 나는 지독히도 외롭다. 매 순간 눈물이 날 것만 같은 마음을 간신히 억누르고 있다. 다시는 혼자 여행하지 않겠어. 혼잣말을 수도 없이 중얼거린다. 지금 심정으론 남편이 아무리 신경질이나 짜증을 부린다고 해도 다 받아줄 수 있을 것만 같다.

그런데 생각해 보면 혼자 있어서 외로웠던 건 아니다. 2014년에 스페인의 산티아고 길을 걸었을 때도 45일간 나는 혼자였다. 물론 그전에도 두 달, 혹은 석 달씩 혼자 여행을 하곤 했다. 간혹 남편과 동행을 하긴 했지만 대부분의 여행은 혼자 했고, 그래서 혼자 하는 여행에 익숙하다. 하지만 이번처럼 외롭다고 느낀 적도 없고 불평불만이 속에서 부글부글 솟아오르지도 않았다. 달라진 건 딱 두 가지. 다쳤고, 외부와 소통할 핸드폰이 없다는 것. 그게 그렇게 사람 존재를 흔들 정도로 중요한 것이었을까 의아할 정도다.

무소의 뿔처럼 당당하게 걸어라

여행을 하면서 숙소로 호스텔을 택하는 이유는 비용 문제가 제일 크다. 일주일 정도라면 모를까 한 달 넘게 하는 여행에서 호텔을 이용하는 건 특히 나 같은 비정규직 시간 강사에게는 불가능한 일이다. 하지만 더 중요한 이유는 세계 각국에서 온 여행자를 만날 수 있기 때문이다. 흔히 호스텔은 젊은 청춘 남녀들이나 어린 학생들이 이용하는 숙소라고 생각하기 쉽지만 실은 남녀노소 불문하고 이용하는 숙소다. 그들은 대부분 장기 여행자다. 짧게는 2주일, 길게는 18개월씩 세계 여행 중이거나 남미 여행을 집중적으로 하는 장기 여행자들이라 싼 호스텔을 이용할 수밖에 없다. 그렇게 호스텔 공동 침실인 도미토리 여행을 하면서 정말 많은 사람들을 만났다. 마음만 먹으면 그들과 얼마든지 어울려 시간을 보낼 수 있고 정원이 독립적으로 조성된 호스텔이라면 정원에서 밤새 파티를 할 수도 있다. 호스텔에서 마음 맞는 친구를 만나면 일정 기간 같은 코스로 여행을 떠나기도 한다. 만남과 헤어짐이 자연스럽고 끈적거리지 않는 것, 호스텔 여행의 장점이다.

이곳으로 오기 전 발파라이소에서 인상적이었던 여행자는 안나 가브리엘 가이스맨이라는 젊은 여자다. 영국인 엄마와 프랑스인 아빠 사이에서 태어났다고 하는데 옥스퍼드에서 스페인 문학을 전공하고 있다고 했다. 그녀는 첫 만남에서부터 강렬했다. 마침 나는 아르헨티나에서 온 청년들과 노닥거리고 있었는데 그녀가 들어오며 분위기가 반전되었다. 내가 네루다 시집 〈모두의 노래〉를 갖고 있다는 걸 안 순간 그녀는 'The Words' 라는 네루다 시를 스페인어와 영어로 번갈아 읽어주었다. 레너드 코헨의 시집도 가져와서 보여주고 자기가 쓴 시도 낭송한다. 학교에서 뮤지컬도 했었다며 자기가 맡은 역할의 노래도 부른다. 유럽 친구들을 만나면 나는 그들의 나이를 잊는다. 성인 대 성인으로의 대화일 뿐 나이 차이에서 오는 서먹함이나 거리낌이 없어지는 것이다. 그건 어쩌면 언어에서 오는 것일지도 모르겠다. 존댓말이라는 게 없으니 너나 나나 그저 You일 뿐, 상대의 나이를 염두에 두고 대화를 해야 할 일이 없다. 그러니 동등한 입장에서 대화가 가능한 것이리라.

똑똑하고 매력적인 이 여성의 등장으로 그때까지 마리화나를 피우고 맥주를 마시며 이러저러한 이야기를 하던 청년들은 그녀의 시 낭송에 귀를 기울이기 시작했다. 나도 내가 가져간 시집에서 한 편을 읽어줌으로써 화답했다. 안나는 자기 이야기도 했다. 영국인인 엄마는 자기가 어렸을 때 여행의 꿈을 버리지 못해 어느 날 문득 배낭 하나 메고 집을 나가 떠돌았다고 한다. 그 말을 하는데 그 어떤 자기 연민이나 원망이 섞여 있지 않다. 불평도 아니다. 그냥 그런 사람도 있더라, 하는 투다. 어릴 때의 트라우마 때문에 성인이 되어서도 그때 생각만 하면 눈물을 글썽이며 자기 연민에 빠지는 사람들이 많은 터라 그런 그녀의 '쿨' 한 태도가 매우 신선했다. 그러면서 자기도 시를 쓰고 노래를 하고 문학을 공부하지만 엄마 피를 물려받았는지 수시로 세계를 떠돈다고 말한다. 부모를 '내 부모' 로부터 떨어뜨려 '그저 한 인간' 으로 보게 되기까지 얼마나 시간이 오래 걸리는지, 어쩌면 영영 불가능하기도 하다는 걸 잘 아는 나로서는 스무 살 그녀의 이런 태도가 무척이나 신기했다. 혹시 그녀는 내면에 상처를 감추고 있는 것은 아닐까, 상처가 너무 깊어 부러 겉으로는 아무렇지도 않은 척하는 건 아닐까, 정말로 엄마의 부재가 아무렇지도 않을 수가 있을까? 버려졌다는 생각은 들지 않았나? 언제 어떤 계기로 엄마를 한 인간으로 받아들였을까? 궁금한 점은 많았으나 섣불리 물을 수는 없는 질문이다. 나는 그런 잡다한 질문들을 속으로 삼켰다. 그런 대화를 나누기에는 우리 만남이 너무 짧았다.

소셜 워크로 남미의 가난한 나라에서 봉사활동을 하는 크리스틴을 라세레나에서 이미 만난 적이 있지만 그 후로도 나는 더 많은 소셜 워커들을 만날 수 있었다. 그들은 콜롬비아에서, 볼리비아에서, 페루에서 가난에서 벗어나려는 사람들을 돕는 일에 자기 젊음을 바치고 있었다. 꼭 그런 사회적인 봉사활동가만 있는 건 아니었다. 마리짜라는 덴마크 여성은 워크어웨이workaway라는 프로그램을 이용하여 여행을 하고 있었다. Workaway.com에 가입하면 세계 각국에서 일손이 필요한 고용주들이 조건을 제시하고 기다린다고 했다. 그중에서 자기에게 맞는 일자리를 찾아 약속을 하면 되는데 일반적으로는 일주일에 24시간 정도를 일하고 나머지 시간은 자유라고 한다. 고용주는 잠자리와 식사를 제공하고 여행자는 노동력을 제공하고 소정의 급료나 용돈을 받기도 한다. 자유 시간이 보장되므로 가장 저렴하게 여행할 수 있는 기회이기도 하고 각국의 문화를 직접 체험할 수 있는 기회가 되기도 한다. 그러고 보니 언젠가 TV에서 친환경 농사를 지으려는 계획을 세운 부부가 쿠바나 남미, 네덜란드 등을 돌며 그런 농장만 찾아 일을 거들며 여행하는 걸 본 적이 있다. 농사도 배우고 그쪽 문화도 체험하고 여행도 하는 거다. 돈 주고도 할 수 없는 경험을 이렇게 할 수 있다니 인터넷 문화의 최대 장점 중 하나라고 할 수 있겠다. 일자리는 호스텔 도우미에서부터 청소, 농장일, 포도나 각종 농산물 수확, 공사장, 아이 돌보기 등 무궁무진하다고 했다. 마리짜는 다음 날 바로 워크어웨이 일자리로 떠나는데 장소는 어떤 숲이라고 했다. 겨우 일주일 짜리 일. 어쩌면 숲에서 텐트 생활을 해야 할지도 모른다며 웃는다. 나는 여자 혼자인데 무섭지 않느냐고 물었다. 그녀는 어깨를 으쓱하며 잠시 생각했다. "무서운 것만 생각하면 아무것도 못 하지." 정답이다.

여행 내내 나는 자유롭고 씩씩하고 당당하게 홀로 여행하는 여성들을 보았다. 그들은 누구 앞에서도 눈치 보지 않고 자기 취향과 의견을 밝혔으며 '두려움'을 극복하고 자신의 길을 찾아 걸었다. 젊은 그녀들 못지않게 '늙은' 그녀들도 있었다. 저 걸음과 저 몸으로 어떻게 걸으려고 하는 걸까 걱정이 되는 그녀들은 나를 보며 동질감의 미소를 건넸다. 그들 눈에는 나도 그중 하나로 보였을 것이다. 그렇게 보였으면 좋겠다. 누군가는 말한다. 여성들이 홀로 여행 가는 것을 권장하지 말아요. 너무 무책임한 행위예요. 길 위에서 벌어지는 온갖 위험을 막을 수 없잖아요. 그녀들의 인생이 위험해지면 책임질 겁니까? 그런 질문 앞에서 나는 잠시 멈칫한다. 위험, 당연히 존재한다. 그런데 인생이 하나의 여행이라면 위험하지 않은 길만 갈 수는 없는 법. 어떤 일이 내 앞에 닥칠지 누구도 알 수가 없다. 그렇다고 여성들이 안전한 세상이 다 만들어진 다음에 여행을 떠나도록 해야 한다면 그녀들은 평생, 어쩌면 영원히 세상 구경을 하지 못할지도 모른다.

리톡스라는 식물을 TV에서 본 적이 있다. 꼭 작은 돌멩이처럼 생긴 이 식물은 나미비아 사막같이 해가 강하고 수분이 적은 곳에서 자라는데 일 년에 3-7일 화려한 꽃을 피우는 게 전부다. 그 꽃이 지고 나면 씨방이 남고 비가 올 때 씨방을 열어 빗방울을 타고 튕겨 나가 자기 세계를 만들어간다. 먼지만큼 작은 이 씨앗은 가능하면 어미로부터 벗어나 멀리멀리 날아가야만 한다. 그래야 어미와의 경쟁에서 살 수가 있다. 익숙하고 편안한 세계로부터 멀어지고 떨어져야 생존할 확률이 높아지는 건 동물의 세계나 식물의 세계나 마찬가지라는 걸 알게 되었다.

이동하기 위해 버스터미널에 앉아서 커다란 배낭을 앞뒤로 메고 걷는 수많은 그녀들을 본다. 2리터짜리 커다란 물병도 손에 들었다. 그들과 마주칠 때면 가슴에 뜨거운 동지애 같은 게 올라온다. 옛날부터 지금까지, 그리고 앞으로도 그렇게 무서움을 무릅쓰고 걷는 너희들이 있어 지금의 내가 있다. 응원한다. 차마 모두에게 그런 여행을 권하지는 못한다만 이미 떠난 여성들, 길에서 만난 모든 여성에게 하이파이브를 날린다. 우리 딸들아. 여행을 멈추지 말아라. 무소의 뿔처럼 씩씩하게 걸어라. 우리가 여행을 멈추지 않는 한, 길은 우리에게 열려있다.

가지가지 한다

푸에르토 바라스에서 버스로 30분 정도를 가면 푸에르토 몬트가 나온다. 그곳에서 파타고니아 지역의 푼타 아레나스행 버스표를 사야 한다. 이른 아침, 서둘러 푸에르토 몬트로 향한다. 작은 미니버스가 5분 간격으로 출발해서 푸에르토 바라스와 푸에르토 몬트 사이를 오간다. 한 명이라도 더 태우고 가려는 버스 기사는 아무 데서나 손만 들면 정차해서 사람을 태운다. 푸에르토 몬트에 도착하니 제일 먼저 잔잔한 호수가 시원스레 펼쳐져 있는 게 보인다. 파타고니아로 떠나는 커다란 여객선도 보인다. 나는 버스표를 사기 위해 제일 먼저 창구를 찾는다. 매일 떠나는 버스가 아니라 이틀 뒤에나 떠날 수 있다. 가격은 45,000 페소. 약 7만 7천 원 정도다. 34시간이나 걸리는 여행에 그 가격이면 결코 비싼 가격이 아니다. 그런데 아르헨티나 국경을 넘어서 가는 여정이라 여권이 필요하단다. 여권을 주니 이리저리 들춰보던 매표원이 PDI 어쩌고 하는 종이가 없다고 한다. 그게 뭔데?

"네가 칠레 입국을 할 때 분명히 받았어야만 하는 종이인데 그게 없으면 국경을 넘을 수가 없어." 그때 갑자기 머리를 스치는 장면 하나! 전날 저녁에 지갑 속을 정리하면서 필요 없는 영수증과 종이쪽지를 찢어서 쓰레기통에 버렸는데 오늘 아침 정원에서 담뱃재를 버릴 때 쓰레기통에서 PDI라는 글자를 언뜻 본 게 떠올랐다. 머리가 띵해진다. 도대체 왜 나는 잘 있다가 하필이면 어제 지갑 정리를 했단 말인가. 종이 쪼가리가 뭐가 그렇게 무겁다고 그걸 버리면서 짐을 줄였다고 좋아했을까? 왜 이번 여행은 이렇게 가지가지 일들이 벌어지는 것일까?

머리가 순식간에 빠르게 돌아가기 시작한다. 어쨌든 이 일을 해결해야만 하는 것이다. 다시 버스를 타고 푸에르토 바라스로 돌아가서 쓰레기통을 뒤진다? 만약 직원이 쓰레기통을 비웠으면? 다행히 그대로 있다고 해도 찢어진 종이를 테이프로 붙이면 효력이 상실되는 게 아닐까? 그걸 그대로 인정해 주나? 호스텔까지 다녀오면 아무리 빨라도 최소한 2시간 정도 소요될 텐데 그사이 19일 표가 다 나가버리면 어쩌지?
머리가 아파온다. 얼굴이 하얗게 된 내게 매표원이 가까운 곳에 이민국 경찰서가 있으니 거기 가서 새로 발급받으라고 말한다. 택시 타는 게 좋다고 친절하게 알려주기까지 한다. 3천 페소. (나중에 알고 보니 걸어서 왔다 갔다 해도 되는 거리다. 다리만 멀쩡했다면 그만한 거리를 택시로 오가지는 않았을 것이다. 역으로 돌아올 때 보니까 여러 명이 모여 타는 콜렉티보 택시는 겨우 500페소다. 이래저래 나는 칠레에서 호구였다.)

이민국 경찰서에서는 내 사정을 듣더니 금방 해결된다고, 염려 말라고 안심시킨다. 종이를 보여주면서 "너 같은 사람이 많아. 우리 입국

신고서가 꼭 슈퍼마켓 영수증처럼 생겨서 사람들이 함부로 버려"라고 말한다. 증명서 발급기록을 위해 이름을 적으려고 장부를 받았는데 나처럼 PDI 종이를 잃어버려 재발급받는 사람 이름이 끝도 없다. 경찰은 무안한 듯 웃는다. "그러니까 그 종이를 버린 건 내 잘못이 아니야. 너희 나라에서 입국신고서를 이따위로 만들어서 그래." 그는 수긍한다.

우연히 얻어걸린 행운

어쨌든 걱정했던 것보다 일이 수월하게 끝나 5분 만에 PDI 서류를 재발급받았다. 콜렉티보 택시를 타고 터미널로 가서 무사히 푼타 아레나스행 버스표를 산다. 급한 일은 해결했으니 천천히 걸어도 된다. 그제야 푸에르토 몬트 바닷가의 아름다운 정경이 눈에 들어온다. 바람 한 점 없는 날씨와 짙푸른 바다, 그 위에 품위 있게 떠 있는 흰색 여객선의 위엄. 둑을 따라 원주민들의 노점이 늘어서 있고 긴 여행에 지친 사람들이 해를 등지고 졸고 있다. 평화로운 풍경이지만 이곳도 피에 젖은 역사의 기억을 간직하고 있다. 1969년에 있었던 농민 학살의 현장인 것이다. 일자리도 없고 집도 절도 없던 굶주린 농민들이 마지막 절박한 심정에서 이곳의 한 지역을 점령하여 자신들의 처지를 외부로 알리려 했다가 무장 경찰대 250명에게 학살당한 사건이다. 경찰이 최루탄을 쏘아 9개월 된 아이가 질식사했고 저항하는 농민들에게 기관총을

난사했다. 농민 일곱 명이 죽었고 60명이 부상당했다. 이 사건을 주제로 〈푸에르토 몬트에 대한 질문〉이라는 노래를 만든 빅토르 하라는 이 노래를 불렀다는 이유로 한 떼의 사람들에게 구타를 당하고 돌멩이 세례를 받기도 했으며 누군가 빅토르 하라의 차를 들이받기도 했다고 한다. 평화로운 바다와 맞은편의 다닥다닥 붙은 달동네 풍경을 번갈아 보며 책에서 읽은 이 아수라장 같은 역사의 장면을 떠올린다.

관광 안내소에서 받은 지도에는 의외의 장소가 표시되어 있다. 디에고 리베라 미술관이 있다는 것이다. 멕시코 민중미술가 디에고 리베라 미술관이 칠레의 한 도시에 있다니? 리베라와 이 도시가 어떤 식으로든 인연이 있어야 가능한 일이 아닐까 생각했지만 그에 대해 자세히 알 수는 없다. 건물을 찾는 건 쉬웠으나 아래층은 연극을 상영하는 극장이다. 미술관은 2층에 있다. 디에고 리베라 작품이 상설 전시되어 있는 미술관인 줄 알았으나 그냥 그의 이름을 딴 조그만 전시장이다. 실망스러웠으나 현대 작가의 작품 하나가 전시되어 있는 전시장을 둘러본다.

남녀 한 쌍이 놓여 있는 설치조각이다. 칠레 전역에서 친근하게 볼 수 있는 뜨개실로 만들었다. 남자는 몸을 웅크리고 공중에 떠서 발밑에 깔린 거울로 자기 모습을 내려보고 있다. 그의 손끝과 발끝에서부터 길게 늘어신 실이 서울 위에 가지런히 흐른다. 그 앞의 여자는 두 발로 서서 상체를 뒤로 젖히고 있는 모양새인데 헉, 손이 없다. 조각은 팔꿈치에서 끝나고 거기서부터 기다랗게 늘어진 실이 중간에 끊긴 채로 매달려 있다. 그리고 배에서도 실이 흘러나와 바닥에 깔린다. 그녀가 서 있는 바닥은 나무판이다. 이게 뭐지? 제목은 Tres Latidos. 세 번째 심장의 맥박? 세 번째 고통? 작가는 나탈리 페레즈. 여자 이름이다. 조각에서 여자의 배는 피가 맺힌 듯 붉은 실이 섞여 있다. 아파 보인다. 공중에 떠 있는 남자의 등 뒤, 그러니까 천장에는 흰색과 붉은색의 실이 어지럽게 엉켜있다. 그들은 사랑하는 사이인가? 부부일까? 그들의 시선은 마주치지 않는다. 발을 땅에 붙이지 못하고 오로지 거울 속 자기 자신에만 몰두해 있는 나르키소스 같은 남자. 발은 땅에 붙였으나 하늘을 향한 시선을 거두지 못하는 여자. 알 듯 모를 듯 수수께끼 같은 작품이다.

미술관을 나와서 걷다가 우연히 들어간 식당에는 커다란 아옌데 대통령 사진이 미국 영화배우 클라크 케이블과 마릴린 먼로의 사진 옆에 붙어있다. 그 옆에는 칠레 축구팀 운동복 상의도 액자에 걸린 채 전시되고 있다. 식당 콘셉트가 뭐가 뭔지 매우 혼란스러운 곳이다. 나는 카주엘라를 시켜 정신없이 먹는다. 뭘 특별히 한 게 없는데도 몸이 무겁다. 낼모레 장시간 버스를 타야 한다는 것도 부담으로 다가온다. 파타고니아에서 어떻게 운이 좋게 트래킹을 마칠 수 있다고 해도 다시 산티아고까지 돌아오려면 얼마나 긴 시간을 보내야 하는 걸까? 하는 걱정이 문득 든다. 중간에 멈춰서 볼 수 있는 화산 지역으로 유명한 관광지가 없는 건 아니지만 그곳도 트래킹을 목적으로 가는 곳인데 이 몸으로 계속 다니는 건 아무래도 현명한 생각이 아니다. 그래, 비행기를 타자. 푸에르토 몬트는 칠레의 중부와 남부를 가르는 꽤 중요한 지점이므로 어쩌면 항공사 사무실이 있을지도 모른다는 생각이 번쩍 스친다. 저가 항공인 스카이 에어라인은 인터넷 예약이 어려워 여러 사람들이 불만을 토로하는 걸 본 적이 있는 터라 사무실이 있다면 직접 가서 티켓을 사면 되리라는 계산이다. 관광안내소에 가서 물어보니 다행히 사무실이 근처에 있다. 창구 직원 중에 영어를 잘하는 사람도 있다.

항공사 사무실에서 이러저러한 궁금한 것을 물어보다가 작년부터 1월과 2월에만 한시적으로 푸에르토 나탈레스에서 산티아고까지 오가는 비행기가 운행된다는 정보를 알게 되었다. 망설임 없이 그걸 산다. 120,000페소나 되는 돈을 지불해야 하지만 나는 안도한다. 적어도 트래킹을 끝내고 돌아올 때는 편하게 이동할 수 있을 것이고, 남는 시간만큼 다른 걸 더 보리라 생각한다. 장시간 버스 여행, 34시간까지 했으면 할 만큼 한 거지, 뭐.

PROPIEDAD
VIGILADA
500
AGENCIA DE TURISMO
Danicar

다섯 번째 행운: 길 위에서 만난 인연

알파벳 i가 만든 커다란 차이

칠레 여행의 주요 목적지 중 하나가 파타고니아다. 남아메리카의 남위 38도선 이남 지역으로 서쪽은 칠레에, 동쪽은 아르헨티나에 걸쳐 있는 안데스 산지와 고원으로 이루어진 지역. 한국에서 칠레로 출발하기 전 나는 토레스 델 파이네 국립공원 내의 트래킹 코스를 계획했다. 거길 가기 위해서는 배를 타거나 비행기를 타거나 버스를 타야 한다. 지도를 보면 칠레 쪽은 해안선이 복잡하고 산악지형으로 되어 있어 고속버스는 아르헨티나 쪽으로 넘어갔다가 다시 칠레 국경을 넘어 푼타 아레나스로 가야 한다. 거기까지가 34시간 걸린다. 거기서 다시 버스를 3시간 정도 타고 푸에르토 나탈레스로 가야 하는 복잡한 여정이다. 전부 합쳐서 무려 37시간을 버스에서 보내야 하는 고난의 길이다. 배는 애초에 염두에 두지도 않았다. 커다란 여객선을 타도 뱃멀미를 하기 때문에 배 안에서 며칠을 자야 하는 여행은 생각도 못 한다. 고민할 것도 없이 나는 버스를 선택했다. 싸기도 할 뿐만 아니라 버스를 타고 안데스 산맥을 넘는 경험을 꼭 하고 싶었기 때문이다.

칠레에선 뚜르버스TURBUS 회사 것을 주로 탔는데 장시간이라 하더라도 꽤 탈만 했기 때문에 이번에도 별로 걱정을 하지 않았다. 그런데 이번에 탄 버스는 질이 떨어진다. 좀 이상하다 싶긴 했지만 버스에 따라 좀 차이가 있나 보다 생각했다. 앞 의자와의 간격도 좁고 등받이 젖혀지는 각도도 작아서 영 불편한 게 아니다. 하필이면 가장 긴 시간을 버스에서 보내야 하는 코스에서 이런 버스가 걸리다니 재수가 없다. 그런데 출발한 지 4시간 만인 오후 3시에 칠레 국경에 도착하여 여권 검사를 하면서 의문이 풀린다. 나는 TURBUS를 탄 게 아니라 TURIBUS를 탄 거였다. 이런 제길… 버스의 글자를 확인한 순간 내 입에서는 탄식이 흘러나왔다.

승객들은 모두 나와서 한 줄로 길게 늘어서서 여권 검사를 받는다.

검사원이 여권의 앞뒤를 들춰보더니 PDI 종이를 쓱 가져간다. 그걸 잃어버리고 모골이 송연해지고 다시 받기 위해 택시를 타고 오가며 마음 졸인 걸 생각하니 그냥 뺏기는 게 아쉽다. 반사적으로 손을 뻗어 그 종이를 잡는다. "앗, 그거 내 거야." 소리친다. 검사원과 내가 PDI 종이를 반반씩 나눠 쥐고 뺏으려는 자와 뺏기지 않으려는 자의 실랑이가 벌어진다. "아니, 이건 이제 네 것이 아니야. 칠레를 떠나는 순간 여기에 놓고 가야만 해." 경찰이 단호하게 말한다. 이럴 줄 알았다면 사진이라도 찍어 둘 걸, 하는 아쉬움이 이는 순간이다. 그게 뭐라고… 그 종이는 다음 날 오후 2시에 다시 칠레 국경에 도착했을 때 받을 수 있다. 경찰은 내게 안심하라고 말한다. 나는 칠레 국경에서 그것을 받자마자 사진을 찍어 둔다. 마치 잃어버렸던 형제자매를 만난 것처럼 반가워하면서.

버스 타고 안데스 산맥을 넘다가

34시간 버스 여행은 생각보단 괜찮았지만 그렇다고 수월한 건 아니었다. 누울 만큼 편안한 각도가 나오지 않고 신발도 벗을 수 없을 뿐만 아니라 휴게소라는 개념도 없는 칠레 여행은 고역임에 틀림없다. 그나마 칠레 국경-아르헨티나 국경-아르헨티나 국경-칠레 국경을 넘느라 잠시라도 바깥 공기를 쐬고 다리를 펼 수 있어 다행이다. 나는 옆자리에 앉은 아저씨가 계속 잔기침을 하면서 목에 가래 끓는 소리를 그르렁그르렁

reutiliza
Departamento de
Extranjeria y
Migración
PDI
POLICIA DE INVESTIGACIONES
DE CHILE
Tarjeta Unica Migratoria
MONTE AYMOND -PASO
Fecha Control: 20-01-2017 14:04:57
Fecha Expiración: 20-04-2017
Medio Transporte: BYDV22
Docum.: PASAPORTE GENERAL
Numero: M86452743
Emisor: COREA DEL SUR
CHO
EI HAN
COREA DEL SUR
09-05-1967
de Permanencia: 90
Motivo: OTROS
Dirección: - - -
Los datos contenidos en este documento han
sido entregados por el titular.

내는 바람에 마음속이 시끄럽다. 버릇 같기도 하고 원래 목 상태가 안 좋은 사람 같기도 한데 그걸 하지 말란다고 해서 하지 않을 수 있는 것도 아니라서 그저 참는 수밖에 없다. 눈을 감고 잠을 청하지만 한 번 예민해진 신경은 느슨해지지 않는다. 이럴 땐 명상을 하는 게 좋다. 나는 명상인지 자기 최면인지 모를 주문을 외우기 시작한다.

처음 칠레 국경에서 내렸을 때 그녀를 발견했다. 평린이다. 발파라이소 가는 버스에서 처음 만나 우연히 같이 택시를 탔고 네루다 집 앞에서 또 우연히 만나 반갑게 인사하고 무심히 헤어졌던 중국인 아가씨. 그 후로 열흘이나 흘러 또 우연히 같은 버스의 승객으로 만난 것이다. 우리는 매우 가까운 사이였던 것처럼 서로 얼싸안고 기뻐한다. 그녀는 나와 맞은편 세 자리 앞쪽에 앉아 있었다. 나는 그녀가 가까이 있다는 것만으로도 안심이 되고 편안해진다.

버스를 타고 안데스 산맥을 넘는 것은 특별한 경험이다. 산은 웅장하고 너른 평지를 달리다가 갑자기 솟아오른 바위산이 불쑥 시야를 가로막는다. 그리고 그렇게 솟은 산과 그 아래 펼쳐진 하얀 모래 같은 땅의 조화는 잠을 잘 수 없도록 만든다. 하늘 높이 치솟은 나무는 칠레 국경을 넘으면서 검게 타버렸거나 하얗게 죽은 채로 이어지기도 한다. 칠레 북쪽의 사막 모래와 바람과 거칠고 듬성듬성 나 있는 풀만이 간간이

보이던 삭막한 풍경과 대조되는 풍요로운 초록의 바다다. 나는 흔들리는 버스 안에서 이렇게 쓴다. '그러므로 너는 왜 그 모양이니, 라고 말하는 것은 얼마나 부질없는 일인가. 그는 그저 그렇게 생긴 것이다. 자기가 원해서 그 모습인 게 아니다. 사막은 사막이어서 그럴 뿐이고 그래서 한없이 척박할 뿐이고, 남쪽은 남쪽이어서 나무가 자랄 뿐이다. 그런데도 우리는 너는 왜 사막이냐고 꾸짖는다. 불임의 땅을 저주한다. 이건… 부당하다'

버스 안에서 나는 한 남자에게 계속 신경이 쓰인다. 나의 맞은편 통로 쪽에 앉아 있던 그 남자는 차에 타자마자 잠을 자기 시작했다. 간혹 깨어 주위를 둘러볼 때 그와 잠시 눈이 마주쳤다. 머릿속에 발파라이소에서 내 핸드폰을 훔쳐가던 남자가 빠르게 스쳐 지나간다. 어두운 분위기. 배가 고픈 것 같은 얼굴. 사고를 치고 왔거나 곧 사고를 칠 것만 같은 긴장감이 그 얼굴에 서려 있다. 나는 흘끔흘끔 그 남자를 쳐다본다. 그는 기운이 없어 보인다. 앞 의자 밑으로 다리를 집어넣고 바람 빠진 풍선처럼 늘어져 있다. 검은색 털모자를 썼고 수염이 듬성듬성 났다. 손질이 전혀 안 된 얼굴이다. 옷은 더럽고 바지 밑단은 닳고 닳아서 뜯어져 있다. 시간이 지나 버스 스태프가 작은 샌드위치와 종이팩 주스를 나눠줄 때도 그는 잠에서 깨지 않았고 스태프는 그를 그냥 지나친다. 그의 의자 주머니에는 반 정도만 채워진 물병이 있을 뿐 먹을 건 아무것도 없다.

저녁 먹을 시간이 되어 버스가 작은 레스토랑이 있는 안데스 산맥의 한 휴게소에 정차한다. 아르헨티나 땅이다. 사람들이 내려 우르르 식당으로 몰려 들어간다. 나는 배가 고프지 않다. 밖에서 담배를 피운다. 7-8명 가량의 사람들이 식당으로 들어가지 않고 나처럼 밖에서 서성인다. 그들은 식사를 하지 않았다. 그중에 그 남자가 끼어 있다. 하루를 꼬박 넘겨야 하는 버스 여행을 하면서 식당에서 식사를 하지 않는 데는 별다른 이유가 필요하지 않다. 돈이 없거나 돈을 아껴야 하는 것이다. 그들은 식당 밖에서 다른 승객들이 식사를 끝내고 나올 때까지 아무것도 먹지 않고 기다리고 있다. 나이가 어려 보이는 한 여자가 길거리에 주저앉아 가방에서 빵과 햄을 꺼내 먹는다. 다른 사람들은 담배를 두어 대 연거푸 피우며 이야기를 주고받고 있다. 지루한 기다림이다. 나는 식당에 들어갔으나 식욕이 돌지 않아 소고기가 들어간 커다란 빵을 5천 페소를 주고 산다. 빵이 커서 반으로 잘라달라고 한 뒤 비닐에 싸서 가방에 넣었다.

다시 차에 타고 한 시간쯤 지났을 때 배가 고파지기 시작한다. 언젠가부터 이런 식이다. 아무렇지도 않다가 갑자기 배가 고파지고 한 번 배가 고파지면 정신을 차릴 수 없을 정도로 힘들어지는 것이다. 나는 빵을 꺼내

한 입 베어 문다. 확실히 아르헨티나 고기라 차이가 난다. 맛있다. 숯불 향이 나는 소고기는 질기지도 않고 빵은 부드럽다. 고기 냄새에 그 남자가 자다가 고개를 번쩍 들더니 내 쪽을 흘끗 바라본다. 나는 갑자기 얼음처럼 몸이 굳는다. 그 남자가 계속 내 쪽에 신경을 쓰는 걸 느낄 수 있다. 나는 그가 얼마나 배가 고플지 짐작이 간다. 그는 버스에 탄 후 아무것도 먹지 않았기 때문이다. 그걸 인식한 순간부터 빵을 먹기가 힘들어진다. 최대한 소리 안 나게, 냄새가 퍼지지 않도록 조심하면서 겨우겨우 반쪽을 먹는다. 그동안에도 남자는 자는 척 머리를 등받이에 기대고 누워있었지만 간혹 뒤척이며 내 쪽으로 고개를 돌리곤 한다. 나는 나머지 반쪽의 샌드위치를 그 남자에게 주기로 마음먹는다. 하지만 어떻게? 아무 이유 없이 불쑥 샌드위치 내밀며 먹으라고 할 수는 없는 노릇이다. 그가 자존심에 상처를 받지 않으면서도 자연스럽게 음식을 받을 수 있는 상황을 만들어야 한다. 그걸 궁리하느라 머리가 깨져버릴 지경이 된다.

마침 내 주머니에는 먹다 남은 초콜릿이 있다. 나는 일부러 약간 소리를 높여 주변 사람 다 들을 수 있도록 옆자리 아저씨에게 묻는다. "너, 초콜릿 먹을래? 이거 되게 맛있다" 아무것도 모르는 아저씨가 마침 즐겁게 호응을 해준다. "아, 나 초콜릿 좋아해. 고마워" 나는 통로 너머의 승객에게도 초콜릿을 건넨다. 그 남자의 뒷자리다. "너도 초콜릿 먹을래?"

그들도 흔쾌히 받는다. 드디어 그 남자 차례다. “너도 먹을래?” 그 남자는 깜짝 놀랐다는 듯이 나를 쳐다보더니 과장되게 어깨를 으쓱거리며 “와이? 와이 미?”라고 외. 친. 다. 그렇다. 그는 외치듯, 커다란 소리로, 어깨를 으쓱거리고 손을 올려 이해할 수 없다는 몸짓을 반복한다. 와이, 와이 미? 왜, 왜 나한테 먹으라고 하는데? 나는 그가 자존심에 상처를 받았음을 알 수 있었다. 이래서야 빵을 준다는 건 상상도 못하겠다. 절망…

별 생각 없이 받을 수 있는 초콜릿 한쪽도 그는 거절했다. 그 마음이 어떤지 짐작이 간다. 배가 고픈데도 타인의 도움을 받을 수 없는 상태. 왜 버스 직원은 그만 쏙 빼놓고 빵을 나누어 주었을까? 그는 어떻게 버스를 탈 수 있었을까? 그는 고향에 가는 걸까? 아니면 일자리를 찾아가는 걸까? 버스 여행이 다 끝나가도록 내 머릿속은 그에 대한 생각으로 가득 찼고 마침내 두통이 지끈지끈 몰려왔다.

너를 다시 만나서 다행이야

푼타 아레나스에는 다음 날 오후 5시 30분에 도착했다. 예상보다 몇 시간이나 빨랐다. 기상 조건이 도와준 모양이다. 나는 펑린이 예약한 호스텔로 무작정 같이 간다. 어차피 나는 핸드폰이 없어서 숙소 예약도 못하고 온 터다. 다행히 침대 하나가 비어 있다. 펑린과는 다른 방이지만 나는 만족한다. 6인실 도미토리는 깨끗했고 조용하다. 가슴에 털이 복슬복슬 난 덩치 큰 남자 하나가 웃통을 다 벗은 채 침대에 누워 핸드폰을 들여다보고 있다. 나는 샤워를 하고 펑린과 만나 저녁을 먹으러 나간다. 우리는 웨이터가 킹크랩이라고 설명한 요리를 하나 시켜서 둘이 나눠 먹는다. 평소에 다른 사람들이 먹는 음식을 보면 양이 너무 많아서 보기만 해도 질려 감히 혼자서는 시킬 엄두를 못 내곤 했다. 그런데 그 식당에서는 음식을 하나만 시켜서 둘이 나눠 먹어도 된다고 하기에 옳다구나, 이번에 시도해보자 한 거다. 하지만 웨이터가 손에 들고 온 접시의 요리는 나 혼자 먹어도 될 만한 양이다. 킹크랩 껍질은 온데간데없고 그 살을 다 발라 샐러드처럼 만든 요리였다. 이름만 보고는 알 수 없던 우리는 웨이터가 두 팔을 크게 벌려 "이렇게 큰 킹크랩이 나오는 요리"라고 한 말만 듣고 시킨 거였는데 낭패다. 우리는 바닷새들처럼 키득키득 웃는다. 사이드로 나오는 빵을 더 시켜서 살사를 듬뿍 끼얹어 먹는 것으로 배를 채운다. 하나만 시켰어도 워낙 비싼 가격이라 다른 걸 또 시킬 엄두는 내지 못한다. 그녀나 나나 그렇게 주머니 사정이 넉넉한 여행자가 아니었다.

처음에는 그녀의 중국어 억양이 강한 영어를 알아듣기가 힘들었으나 조금씩 적응이 되었다. 밝다. 웃음도 많고 성격도 밝다. 나는 낯선 곳에 있다는 불안감이 없어지고 있었다. 곁에 누군가 있다는 것이 이토록 편안한 느낌을 주다니, 나는 펑린에게 깊은 감사를 느낀다. 식사를 마치고 바닷가를 산책하면서 우리는 많은 대화를 나누었다. 나는 그녀가 의사라는 걸 처음 알았다. 전공이 Gastroenterology라고 말했는데 그게 뭔지 모르겠다. 그녀가 열심히 설명한다. 위와 내장과 관련되어 있다는 것만 알아듣는다. 나중에 찾아보니 '소화기내과' 다. 나는 그녀에게 중국 의학인지, 서양 의학인지를 물었고 그녀는 서양 의학이라고 했다. 8년을 의대에서 공부하고 2년을 병원에서 실습한 후 또다시 8년간 병원에서 일했다고 한다. 그러다가 문득 사표를 내고 6개월 예정으로 남미를 여행 중이다. 나는 그녀에 대하여 호기심이 일었다. 어떤 사람일까? 무엇이 그녀로 하여금 의사라는 직업을 때려치우고 오랜 여행을 하도록 만들었을까?

다음 날 우리는 아침 일찍 바닷가로 나갔다. 아침 식사를 주지 않는 호스텔이었기 때문에 식당이나 카페를 찾을 생각이었다. 하지만 이른 시간이라 그런지 아무 데도 문을 열지 않았다. 우리는 배낭에서 각자 갖고 있던 것을 꺼냈다. 비스킷, 삶은 달걀 두 개, 뜨거운 물과 티백. 이 정도면 훌륭한 아침이다.

바람이 불었으나 햇빛은 따사롭다. 내가 잘 걷지 못하므로 천천히

마을을 둘러보고 다시 바닷가로 오니 하나밖에 없는 작은 카페가 문을 열었다. 나는 그녀에게 커피와 조각 케이크를 샀다. 그녀의 얘기를 듣고 싶었기 때문이다. 당신은 어떤 사람인가? 여행을 다니면서 그렇게 상대의 인생에 관심을 갖게 되는 경우는 예상외로 흔하지 않다. 대부분 그저 스쳐 지나가는 인연이기 때문이다. 펑린은 내 사적인 질문에 기꺼이 응해준다. 펑린이 말하는 자신의 지난 일은 이렇다. 광시 출생인 그녀는 의대 공부 이후 8년간 의사로 일하는 동안 자기 일을 진심으로 즐겼고 사랑했다. 그러다가 어느 날 문득 '병원 밖의 세상은 어떨까?' 하는 생각이 들었다. 노자를 읽었기 때문일지도 모르겠다. 병원 안에서의 삶이 가짜 삶이어서가 아니라 병원 밖에도 삶이 있는데 자신은 병원 안의 환자와 그 가족들밖에 모르기 때문이라고 했다. 그런 마음이 들자 답답해서 견딜 수가 없어졌다. 얼마 후 바로 사표를 내고 그녀가 한 일은 중국의 오지로 들어가 6개월간 선생으로 아이들을 가르치는 거였다. 중국의 오지는 한국의 오지와는 또 다른 차원이다. 전기도 안 들어오고 당연히 와이파이도 터지지 않으며 물도 길어다 먹어야 하는 곳에서의 선생 역할은 만만하지 않았다. 밤에는 할 수 있는 일이 아무것도 없어서 그냥 자야 했고 목욕은 몇 주씩 하지 못할 때가 많았다. 그녀는 아버지가 돈 벌러 나간 가정에서 방 하나를 빌려 지냈는데 그런 집에서는 큰아들이 가장이 된다. 펑린이 머문 집에서는 열서너 살짜리 큰아들이 가장 역할을 했다. 그는 중요한 결정을 내리고 시시블

내리는데 심지어 선생인 펑린에게도 지시를 하곤 했다. 어린애한테 지시받는 게 부당하다고 느끼지 않았는지 물으니 그녀가 대답한다. "대신에 나는 그 애한테 많은 걸 배웠어. 나무를 어떻게 타고 내리는지, 먹을 수 있는 버섯과 독버섯을 어떻게 구분하는지, 물이 없을 때는 어떻게 해야 하는지, 즉 오지에서 살아남는 법을 배운 거야"

가장 가난한 사람들 옆에서 그들 삶의 방식에 젖어 들면서 자기도 많이 배웠다고 말하는 서른여덟 살의 전직 의사선생님. 그녀는 문명의 혜택을 거의 받지 않은 천사 같은 아이들 틈에서 글을 가르치고 놀이를 하고 자연을 배우며 6개월을 보냈다. 밤이면 절대 어둠의 공간에서 적응하는 게 무섭기도 하고 낯선 곳에서의 생활이 힘들기도 했지만 적응하기 나름이고 돌이켜보면 자기 인생에서 이보다 더 값진 경험이 있겠나 하는 생각도 든다고 한다. 그녀는 여행을 마치고 다시 그곳으로 돌아갈 의사가 있다고 대답한다.

"부모님은? 너의 부모님께서는 네가 그런 결정을 내린 것에 대해 어떻게 생각하셔?"

"처음에는 힘들어하셨어. 당신 딸이 의사라는 걸 얼마나 자랑스럽게 여기셨는데. 그런데 내가 병원을 그만두고 고생할 게 뻔한데도 오지 중의 오지로 들어가는 걸 보고 얘가 얼마나 그동안 힘들었을까 하고 생각하셨대. 그 후로는 별말씀 안 하고 받아들이셨어. 나는 어차피

오지에서도 정식 선생이 아니라 보조 선생 역할이었기 때문에 6개월 하고 난 후 접고 중남미 여행을 시작한 거야"

"여행이 끝나면 뭘 할 거야?"

"잘 모르겠어. 분명한 건 다시 병원으로 돌아가지는 않을 거라는 거. 환자를 돌보는 의사 역할이 싫은 것도 아니고 재미있게 잘 한 건 사실인데 다시 하고 싶지는 않아. 앞으로는 다른 삶을 살 거야"

서른여덟 살의 여자. 까맣게 탄 얼굴, 코에 난 점, 마른 몸, 반짝반짝 빛나는 새까만 눈동자, 긴 생머리에 둥그런 모자를 쓰고 바윗덩어리라도 넣었나 싶게 무거운 캐리어를 너덜너덜한 천으로 싸서 끌고 다니는 전직 의사 선생님. 우리는 서로의 모국어가 아닌 영어로 대화를 나눈 까닭에 자신이 생각하는 바를 섬세하게 표현해낼 수 없었다. 하지만 이해하고자 하는 마음이 컸기 때문일까? 우리는 상대의 말을 이해하는데 큰 어려움을 겪지 않았다. 그녀와 함께 지내는 동안 말이 통하지 않아 답답하다는 느낌이 들지 않았다. 한국말을 하는 것처럼 쉽지야 않았지만 말하는 게 힘들어 침묵을 택하지는 않았던 것이다. 우리는 끊임없이 수다를 떨었다. 나는 내 속내를 그녀에게 이야기했다. 칠레로 떠나오기 전까지 매주 나갔던 광화문의 이야기, 대통령에 관한 이야기, 바다에서 죽어간 아이들의 이야기, 무력감에 대하여, 그럼에도 불구하고 가질 수밖에 없는 우리들의 희망에 대하여.

펑린을 만나 동행하기까지 나는 내가 이 여행을 왜 하려고 했을까 수도 없이 자문했다. 아마도 그 이유는 몸이 힘들었기 때문일 것이다. 이건 스페인의 카미노 데 산티아고를 걸을 때도 하지 않았던 질문이다. 그리고 펑린과 대화하면서 너를 만나서 이 여행이 의미가 생기는구나 생각한다. 내가 이토록 타인을 필요로 하는 사람이었구나 하는 자각. 나이 오십이 넘도록 혼자 여행하는 것에 대해 아무 거리낌이 없던 내가 처음으로 외롭고 힘들어하던 날들. 길거리를 걸을 때나 쉴 때도 불안해서 주변을 두리번거리고 길거리에서 카메라를 꺼내는 것도 꺼려져 웬만하면 그냥 눈으로만 보고 지나치던 여행길. 곁에 누군가가 있다는 사실 하나만으로 이렇게 마음이 편안해진다는 걸 깨달은 거다. 하지만 나는 그녀에게 먼저 같이 가자고 말하지 못했다. 내가 젊었을 때 나이 많은 누군가가 동행하자고 말하면 과연 좋아했을까 싶었던 거다. 당연히 나는 나보다 나이 많은 이와의 동행을 꺼려했고 지금도 마찬가지다. 하긴, 나이 많은 사람만 꺼리는 게 아니라 동행 자체를 꺼리는 편이다. 나는 혼자가 편했고 줄곧 그렇게 해왔다. 그러니 혼자 여행하는 그녀에게 어떻게 같이 지내자는 말을 할 수 있겠는가? 마음속으로는 강력하게 원하면서도 차마 입 밖으로 꺼내지 못한 말. 다행히 그녀는 내게 "네가 원한다면 푸에르토 나탈레스에서 같이 지내자"라고 말했다. 나는 그러자고 고개를 끄덕였다.

푸에르토 나탈레스에 도착하다

14시에 푼타 아레나스를 출발한 버스는 약 3시간 만에 푸에르토 나탈레스에 도착한다. 첫날은 펑린과 같은 방에 머물 수 없다. 그녀가 예약한 호스텔에는 침대가 남아 있지 않고 그날은 유난히 사람이 몰려 주변 호스텔은 모두 만원이다. 나는 결국 2만 5천 페소 (약 4만 원)의 거금을 내고 한 호스텔의 일인실에 짐을 푼다. "너는 지금 휴식이 필요해. 며칠 후면 토레스 델 파이네에 올라야 하는데 지금 이 발 상태로는 불가능해"

이번 여행을 하면서 처음으로 일인실을 잡았고 나는 마치 그래서는 안 되는 일을 한 것처럼 일인실을 잡은 그럴듯한 이유를 찾고 있었다. 휴식이 필요해, 나는 쉬어야만 해… 그리고는 오랜만에 꿀잠을 잔다. 취침용 귀마개 없이도 잠자는데 아무런 문제가 없다. 이동하느라 빨래를 못해 밀린 속옷과 양말을 빨아 히터에 교대로 말린다. 일인실이 얼마나 좋은지 가슴 뻐근하게 느낀다. 옷을 벗고 돌아다닐 수 있는 방. 아무런 신경을 쓰지 않고 샤워실에서 나와도 되고 물건을 방안 가득 늘어놔도 상관없고 빨래를 해서 맘껏 널어놔도 되는 곳. 내 공간. 마치 처음 자기만의 공간을 가져본 사람처럼 활개 치며 방안을 누빈다. 밖은 바람이 몹시 불고 추웠으나 낡은 가스스토브는 뜨거웠고 그것으로 충분했다. 더 이상 필요한 건 없다. 행복하다.

다음 날 펑린은 새벽부터 토레스 델 파이네 일일투어를 떠났다. 잘 잔 덕분인지 발도 한결 좋아졌다. 아무도 일어나지 않은 이른 시간에 호스텔 식당에서 푸짐한 아침 식사를 한다. 버터와 치즈와 햄과 콘플레이크와 과일과 커피와 주스가 있는 아침 식사는 호텔보다 못하지만 내겐 너무나 훌륭한 만찬이다. 나는 펑린 없이 혼자 바람 부는 푸에르토 나탈레스를 산책한다. 일요일 아침이고 거리는 한산하다. 칠레 어디서나 볼 수 있는 길거리 개들이 떼로 몰려다니며 다른 동네 개들과 힘겨루기를 하며 놀고 있다. 그 개들은 사람 따위 아랑곳하지 않고 자기들끼리 쫓고 쫓기면서 재미나게 논다. 우리 어렸을 때 동네 애들끼리 편먹고 전쟁놀이하며 뛰어놀던 모습과 비슷하다. 나는 공원 벤치에 앉아 개들 노는 걸 시간 가는 줄 모르고 지켜본다. 그러다가 지팡이를 짚고 바닷가로 산책을 나간다. 여전히 걷는 게 편하지 않고 절룩거리지 않고 걷는 것도 불가능하다. 하지만 다친 날의 고통과 그다음 일주일 동안의 아픔을 기억하는 나로서는 그 정도도 감지덕지다. 도무지 차도가 보이지 않아 기적은 없다고 절망했으나 매일매일 아주 조금씩 나아지고 있었고 결국 여기까지 왔다.

밤늦게 일일투어에서 돌아온 펑린과 호스텔 다이마에서 이인실을 잡았다. 샤워를 하고 나서 닦는데 펑린이 내 발을 본다. "너, 지금까지 이 발로 걸어 다닌 거야? 미쳤구나" 한다. 내가 보기에 이미 멍은 거의 다

빠졌고 붓기도 많이 가라앉아 멀쩡해 보이는데 그녀는 머리를 흔든다. "토레스 델 파이네는 포기하는 게 어때?" 나도 머리를 흔든다. "그럴 수 없어. 여기까지 왔는데 포기라니. 안돼" 그녀는 나를 설득한다. "내가 오늘 거길 가봤잖아. 쉽지 않아. 나는 산에 오르지 않았는데도 힘들었어. 아주 작은 돌멩이로 된 길이 많아. 멀쩡한 다리로도 쉽게 미끄러지고 삐끗해. 게다가 바람이, 바람이, 바람이. 걸음을 옮길 수 없을 정도로 무섭게 부는 구간이 있어. 겁이 나서 그 자리에서 주저앉아야만 했어. 모택동 주석이 한 말이 있어. 다친 발로 일주일 걸으면 십 년을 고생한다고. 하지만 쉬면 미래의 고통을 절약할 수 있어. 의사로서 너에게 처음으로 하는 충고야. 포기해" 나는 정말로 그녀의 말을 듣고 싶었으나 그럴 수가 없다. 시도도 하지 않고 도중에 포기하는 거, 용납이 안 된다. 나는 다음 날 토레스 델 파이네 관광 안내소에 가서 코스의 난이도를 살펴보고 그때 결정하겠다고 답한다.

비가 억수로 쏟아지던 다음 날, 그 폭우를 뚫고 찾아간 안내소의 담당자는 한 가지 대안을 얘기했다. 첫날은 어차피 국립공원까지 버스를 타야 하고 거기서 첫 숙소인 파이네 그란데 산장까지는 배를 타고 가야 하므로 괜찮다. 남들은 거기서부터 그레이 빙하까지 왕복 7시간 넘게 걸리는 산행을 하겠지만 나는 산장에서 쉬면 된다. 다음 날은 프란세스 산장까지 가면 되는데 그렇게 어려운 코스가 아니니 시도해 볼 만 하단다.

제일 문제가 되는 코스는 삼 일째 되는 날. 칠레노 산장까지 9시간 코스. 절대로 시도해선 안 된다고 했다. 대안은 첫날 숙소인 파이네 그란데 산장으로 되돌아와서 배를 타고 국립공원 입구까지 간 다음 라스토레스 호텔까지 간 후 호텔에서 사정을 해보라는 거다. 원래는 거기서부터 칠레노 산장까지 2시간 정도 올라가야 하는데 경사가 가파르고 멀쩡한 사람도 힘들어하는 코스라서 나는 절대로 시도하면 안 되는데 다행히 칠레노 산장과 라스토레스 호텔이 같은 회사에서 운영하는 숙소이므로 잘 얘기하면 바꿔줄 거라고 했다. 오케이. 나는 그렇게 하겠다고 얘기한다. 해보지 뭐. 그 정도면 시도해 볼 만 하잖아. 펑린은 걱정스런 얼굴이었지만 압박 붕대 제대로 감는 법을 알려준다. 무리다 싶으면 무조건 포기하라고 다짐, 또 다짐을 한다.

CAMP. FRANCÉS
30 MIN. / 2 KM
REFUGIO
CUERNOS
2,5 HR

여섯 번째 행운: 파타고니아, 아름다움이라는 마약

첫째 날

파타고니아. 가슴 뛰는 이름이다. 내가 파타고니아에 간다. 누군가에게는 그냥 흔한 아웃도어 브랜드에 불과할지 모르지만 작년 초에 칠레에 가겠다고 마음먹은 후부터 제일 커다란 목표는 파타고니아였다. 그렇다고 내가 무슨 산악인이라던가 산을 대단히 사랑하는 사람이어서 그런 건 아니다. 그저 막연한 동경 같은 거였을 거다.
그래서 여행 열흘 만에 다리를 다쳤을 때 하늘이 노래지는 것 같은 충격을 받았던 건 어쩌면 파타고니아에 갈 수 없을지도 모르기 때문이다.

토레스 델 파이네, 어떻게 예약한 건데. 그 삼박 사일 숙소 자리 예약하는 게 얼마나 어려운데. 결국 예약에 실패한 사람들이 일일투어로만 만족하거나 루트를 바꿔서 이리저리 힘들게 오가야만 한다. 나는 끈질기게 몇 개월간 시도하고 또 시도해서 누군가 무슨 사정으로 포기하는 순간 재빨리 받아 챙긴 거였다.

다리를 다친 후로 매일매일 기적을 꿈꾸다가 그게 아니라는 걸 확인한 후 내 꿈은 점점 작아졌다. 그냥 그곳에 가기만 해도 좋겠다. 그래서 정식 루트는 못 가더라도 한 캠핑 사이트에서 다른 캠핑 사이트까지 갈 수만 있어도 좋겠다. 그럴 수는 있을까? 결국 코앞에서 모두 포기하고 돌아가는 건 아닐까? 욕심을 접자고 마음먹었다가도 그래도 끝까지 포기하지 말자는 마음이 불쑥불쑥 솟아났다. 펑린은 그런 나를 무모하다고 하다가 포기했다. 맘대로 해.

2017년 1월 24일 새벽 5시 40분 기상, 짐을 정리해서 최대한 무게를 줄여 배낭을 꾸리고 나머지 짐은 호스텔에 맡겨 놓고 압박 붕대를 단단히 두른 후 드디어 6시 30분에 버스터미널에 도착한다. 전날 만들어 놓은 샌드위치를 전자레인지에 돌려 따뜻하게 만든 후 봉지에 쌌다. 내 버스는 7시 30분인데 7시 15분에 출발하는 버스가 있다. 펑린과 나는 거기서 헤어졌다. 우리는 포옹을 하고 서로의 여행에 행운이 있기를 기원했다. 차장은 나를 태워 출발한다. 남미에선 '규정대로' 라는 게 없다는 걸 또 한 번 확인한다. 자기 차량이 아닌데도 자리만 있으면 태운다는 게 신기하다. 우리도 60, 70년대엔 그랬을 것이다. 나는 설레는 마음을 다잡는다. 그래, 첫날은 별것 없다. 그냥 버스 타고 국립공원에 가서 안전교육을 받고 배를 타고 파이네 그란데 산장까지만 가면, 남들은 거기에 배낭 부려놓고 높은 곳까지 다녀온다지만 나는 그냥 산장에서 쉬면 되니까. 절대로 욕심내지 말 것. 거기서 상태를 살펴보자. 그렇게 도착한 첫날. 토레스 델 파이네의 아름다운 자태. 그 옆모습만 슬쩍 보면서는 짐작도 하지 못했다. 내가 이곳을 울며 걸어가게 될 줄은…

국립공원 안에는 돈 먹는 기계라도 있는 것 같다. 움직일 때마다 돈이 든다. 국립공원 입장료는 삼박 사일 머무는 것으로 21,000페소(작년에 비해 3천 페소가 오른 가격이라고 했다)의 입장료를 내고, 푸데토까지 다시 이동해서 배를 타는데 왕복표가 28,000페소다. 출발 전 한국에서 인터넷으로 결재한 첫날 산장 숙박비는 풀옵션으로 88달러나 했다. 그 돈을 내고서라도 기꺼이 가겠다는 나 같은 사람들로 넘쳐나는 곳이다.

파이네 그란데 산장에서의 첫날은 설렘으로 가득 찼다. 나는 산장의 6인실 침대 한 칸을 빌린다. 아픈 다리를 보여주고 이층 침대의 아래 칸을 빌렸다. 그걸 빌릴 수 없거나 워낙 캠핑을 좋아하는 사람들은 바로 옆에 설치된 캠핑장에서 산다. 미리 설치된 텐트를 빌리거나 자기 텐트를

가져와 스스로 설치하기도 한다. 웅장한 파타고니아의 산 아래에서 옥빛 호수를 바라보며 취사실에서 음식을 만들거나 체조로 몸을 푸는 사람들 속에서 나는 잔뜩 긴장한 채로 서성인다. 내 침대가 있는 방에서는 땀 냄새와 발 고린내로 창문을 닫을 수 없을 지경이지만 침대에 누운 채로 그림 같은 풍경을 바라볼 수 있는 위치에 있다. 내가 지불한 비용에는 그날의 저녁 식사와 다음 날 아침 식사, 그리고 런치박스가 포함되어 있었다.

사람들이 배낭을 내려놓고 산악 장비로 중무장한 채 비장한 표정으로 그레이 빙하가 있는 왕복 7시간 코스를 간 사이, 나는 내 발의 상태를 확인하기 위해 슬슬 걸어보기로 한다. 길의 시작은 지극히 평범하고 경사도도 급하지 않다. 하. 지. 만. 인대가 어떻게 늘어났는지 알 수 없는 내 발은 작은 돌들로 이루어진 쉬운 길도 힘들어한다. 이건 평평한 아스팔트가 아닌 것이다. 몸의 신비는 이미 7년 전 어깨뼈가 부러졌을 때 경험한 바가 있다. 인간이 셔츠의 단추 하나를 채울 때에도 얼마나 많은 근육이 섬세하게 조응해서 움직여줘야 가능한지 말이다. 평범한 사람들이 쉽다고 말하며 뛰듯 걷는 이 길을 나는 조심조심, 그러면서도 수시로 아파서 이마를 찡그리며 걸어야 한다. 그러다가 갑자기 나타난 암석. 몇 걸음 떼었다가 식은땀까지 흘리며 아파하다 절망 속에서 왔던 길을 다시 내려온다. 아, 안 되겠다. 이대로는 안 되겠다.

겨우 30분 걸어보고 마음은 극도로 우울해진다. 산의 안전요원에게 가서 확인차 내일 코스의 난이도를 다시 물어본다. 그들은 '쉬운' 코스라고 말한다. 이탈리아노 산장까지 2시간 30분, 거기서 내가 묵어야 하는 프란세스 캠핑장까지는 30분 코스. 어려운 대목이 '전혀 없음' 이라고 못 박는다. 물론 사람들은 이탈리아노 산장에서 브리타니코 전망대까지 왕복 6시간을 더 왕복해야 하지만 나는 캠핑장에서 캠핑장까지를 목표로 잡았으므로 그건 염두에 두지 않는다. 그래? 쉬워? 압박 붕대를 더 강하게 감고 해보자.

산장 식당에서 주는 저녁을 깨끗이 비우고 일찍 잠을 청한다. 어렵지 않다. 남들 3시간 코스니까 정말 어렵지 않을 거다.

둘째 날

다음 날 새벽, 호숫가를 바라보며 날씨를 가늠한다. 날씨는 꽤 좋을 것 같다. 발을 살살 달래며 압박 붕대로 단단히 동여매고 길을 나선다. 아침도 주는 대로 다 챙겨 먹고 커다란 런치박스도 챙긴다. 이탈리아노 캠핑장까지 두 시간 반, 거기서 프란세스 캠핑장까지 30분이라니 나는 열심히 걸으면 5시간 정도 걸리지 않을까 예상한다. 하지만 걷기 시작해서 얼마 안 되어 나는 난관에 부딪혔다.

'와일드' 라는 영화에 보면 주인공 여자가 미국의 퍼시픽 크레스트 트레일을 걸으면서 힘에 겨워 무거운 배낭을 바위 너머로 집어던지고

겨우겨우 기어 올라갔다가 다시 낑낑대며 배낭을 짊어지고 걷는 대목이 나온다. 나는 내가 와일드 영화를 찍는 주인공이 된 것만 같다. 진창을 지나면서는 무릎 정도 높이의 나무다리가 있었는데 그것에 올라설 수가 없다. 왼쪽 발로 버티고 오른쪽 다리로 올라서는 것도, 그 반대로 하는 것도, 어쨌든 왼쪽 발로 무게를 버텨야 하는 순간이 오기 때문에 불가능하다. 몇 번 시도하다가 도저히 안 될 것 같아서 할 수 없이 진창을 밟는다. 진창으로 발목까지 쑤욱 빠져버린다. 이젠 오도 가도 못하게 진창에서 허우적댄다. 마침 지나가던 여행자들이 나를 건져 올린다. 그들은 걱정스런 눈으로 나를 바라보며 "걸을 수 있겠냐?" 고 반복해서 묻는다. 속으로는 울고 싶은데 자존심으로 버틴다. 나는 억지로 웃으며 오케이 사인을 보낸다. 바위를 타고 넘어야 하는 길은 공포 그 자체다. 나는 배낭을 힘겹게 몇 번의 시도 끝에 바위에 던져 놓고 낑낑대며 타고 넘은 후에 다시 배낭을 끄집어내려 짊어지곤 했다. 길은 셀 수 없는 진창으로 나를 질겁하게 만든다. 산꼭대기 빙하에서 흘러내린 계곡물은 양이 많기도 하고 물살이 세기도 한데 그 위에 듬성듬성 놓인 징검다리 돌은 내가 밟고 넘어가기엔 간격이 너무 넓고 또 위험하다.

수도 없이 욕이 터져 나온다. 너무 아프고 무섭다. 이러다가 정말 다리가 부러지는지 계곡에 빠져버리든지 하는 게 아닐까. 왜 내 몸은 저 정도 높이도 올라서지 못할까. 나는 대체 이 길을 왜 가겠다고 했을까.

왜 포기하지 않았을까. 후회가 쓰나미처럼 밀려온다. 주변에 사람이 없다는 게 천만다행이다.
당연히 그때는 몰랐다. 내 몸은 생각했던 것보다 심각했던 것이다. 갈비뼈에 금이 간 것도, 인대가 심각하게 늘어났던 것도 몰랐다. 그걸 몰랐으니 용감하게 발을 내디딘 거다. 알았다면 포기했을지도 모른다. 그래서 병원에 가지 않았고 의사의 진단을 거부했다. 그러니 전부 내 탓이다. 그리고 힘들다고 느꼈을 때 뒤돌아서서 갔어도 되었을 것이다. 그런데 그냥 미련스럽게 계속 앞으로 나간다. 가방 속에 있는 점심 샌드위치를 먹을 생각도, 물을 마실 생각도 하지 못한다. 죽을 둥 살 둥 가다가 자신의 지표를 보여주는 간이 지도 앞에서 살폈다. 많이 왔겠지, 기대감이 인다. 하지만 지도 앞에서 망연자실한다. 이렇게나 힘겹게 왔는데 겨우 3분의 1이다. 어쩌라고…

런치박스는 손도 대지 못하고 걷는다. 밥 먹고 어쩌고 할 시간이 없다. 이탈리아 캠핑장까지 5시간 걸렸다. 잠시 멈춰 천도복숭아 한 개와 삶은 계란 한 개를 먹고 담배 한 대를 피운 후 서둘러 다시 출발한다. 땀을 뻘뻘 흘리고 절룩절룩 걸어서 1시간 만에 도착한다. 남들 3시간 거리를 정확히 6시간에 걸쳐 걸은 거다. 더는 걸을 수 없을 정도로 거의 만신창이가 되어 프란세스 캠핑장에 도착했을 때 눈에 비친 광경은 황당함 그 자체다. 나는 파이네 그란데 산장과 캠핑장을 먼저 봤기 때문에 당연히 그와 비슷한 곳이리라 예상했다. 식당도 있을 거라고 생각했다. 그런데 여기는 산속에 텐트 몇 개 덩그러니 쳐져 있는 캠핑장이다. 식당도 없다. 코펠도, 버너도, 음식 재료도 없이 덜렁 침낭 하나 넣어 온 나는 어쩌라는 것인지, 갑자기 머릿속이 하얘진다.

텐트를 배정받고 낑낑대며 텐트 안에 들어와 보니 얇은 매트 한 장 깔려있다. 이 난감한 상황이라니… 텐트 안에서 멍청하게 앉아 있다가 배낭의 물건을 하나씩 꺼내 방처럼 정리해놓는다. 조금 안정이 된다. 내 머리는 '어떻게 살아남을 것인가'에 대한 생각으로 분주히 돌아간다. 식사 준비를 하는 사람들에게 가서 "미안하지만 먹을 걸 좀 나눠줄 수 있겠니?"라고 말해볼까? 아, 생각만 해도 미칠 것 같다. 쟤는 캠핑장에 오면서 아무런 준비도 없이 왔단 말이야? 수군대는 그들의 모습이 바로 떠오른다. 멍청한 동양 여자로 낙인찍히기 싫으니 도저히 구걸은 못하겠다. 다행히 출발할 때 산장에서 나눠준 런치박스가 그대로 있다. 그걸로 저녁을 때우자. 내일 아침은 어떻게 하지? 가방을 뒤진다. 비상식량이 조금 나온다. 복숭아 하나, 삶은 달걀 하나, 초콜릿 반 토막, 에너지 바 한 개, 한국에서 가져온 커피믹스 하나, 인스턴트 토마토 수프 한 봉지. 비스킷 반쪽만 가지고도 하루를 버텼던 칠레 광부들 생각이 났다. 뭐 이 정도면 충분하지 싶다.

흠뻑 흘린 땀을 씻어내야겠다. 샤워장을 찾는다. 100미터 정도 내려가니 나온다. 한 걸음도 더 걷기 힘들게 지친 상황에서는 100미터 경사를 오르내리는 길도 버겁다. 간이 샤워장이긴 하지만 그런대로 쓸 만하다. 그러나 세상에… 우리 집 샤워기보다 더 쫄쫄거리며 물이 나온다. 수압이 약한 거다. 그래도 더운물 나오는 게 어디냐 싶어 간신히 씻고 나와 담배 한 대 피워 문다. 캠핑장에 도착했을 때는 내일은 구조 요청하고 실려서 내려가야겠다 싶었는데 막상 씻고 나오니 또 걸을 만한 것 같다.

도착하자마자 문득 핸드폰도 없고, 불빛이 나오는 건 아무것도 없는데 밤에 어떻게 하나 싶어서 리셉션에 랜턴 빌릴 수 있냐고 물어보니 "해가 밤 10시 넘어서 질 텐데 램프가 필요하겠냐?"라는 답이 돌아왔다. 그런데 씻고 텐트에 들어와 보니 그가 작은 램프를 하나 텐트의 천장에 달아놓았다. 그걸 켜고 침낭에 들어가 누워본다. 해가 지려면 아직 한참이나 남았지만 부러 램프를 끄지 않는다. 생각보다 그렇게 춥지도 않고 나름 아늑하다. 이 정도면 오늘 밤 지내는데 문제는 없을 것 같다.
바람이 몹시 불어 나뭇가지가 그림자를 만들며 춤을 춘다. 주황색 텐트는 흔들리는 나무 그림자와 어우러져 마치 불이 난 것 같은 장면을 보여준다. 가만히 발을 움직여본다. 이럴 때 핸드폰이 있었다면 음악이라도 틀었을 텐데… 나는 누워서 흔들리는 나무 그림자를 바라보며 무섭게 부는 바람 소리를 듣는다.

자꾸만 가슴 어느 구석이 간질거린다. 그런 느낌이 처음이라 당혹스럽다. 이거 뭐지? 왜 이렇게 심장이 간질거리지? 눈물이 질금질금 나온다. 이런 멜랑콜리라니. 그 상태를 더는 견디기 힘들 것만 같다. 처음 경험하는 그 감정을 떨쳐버리고 싶은 마음을 참고 그대로 누워서 직면해 보기로 한다. 분석하려고 하지 않고 그냥 느낀다. 발을 조금씩 돌려 보기도 하고 내일에 대한 걱정을 하지 않으려 그냥 텐트의 그림자만 바라본다. 눈물이 나는 걸 억지로 막지 않는다. 외롭고 아프고 고독하다는 사실을 부끄러워하지 않기로 한다. 한참을 그렇게 있다가 텐트에서 나와 다시 샤워장 근처로 가서 담배를 피운다. 거기가 흡연이 허락된 유일한 구역이다. 만약 캠핑장 전체가 금연이었다면 내 우울은 어디까지 치달았을지 모르겠다. 태어나서 지금까지 구름을 이렇게 오래 관찰한 적이 있었나 싶게 하늘을 바라보며 시간을 보낸다.

셋째 날

그리고 그날 밤. 설핏 잠들었다가 깼다. 너무나 추워서 깬 것이다. 머리카락부터 발톱에 이르기까지 세포 하나하나까지 스며드는 한기다. 공포영화에서나 나올 것 같은 바람 소리가 우주에 진동한다. 미친 바람 소리. 금방이라도 텐트가 날아가 버릴 것만 같다. 눈을 감아도 떠도 전혀 변화가 없는 절대 어둠이다. 지금 나는 눈을 뜬 것인가, 감고 있는 것인가? 나는 어둠을 무서워해서 조금이라도 어두운 곳은 가지 않는다. 그런데 그 자리에서 어두움에 대한 공포는 전혀 문제가 되지 않는다. 어두움보다 무서운 추위에 대한 공포가 나를 감싼다. 추워, 추워. 이러다가 죽을 것만 같아, 나는 그 순간 정말로 죽을지도 모른다는 생각을 한다. 산에서 체온이 떨어져 죽기도 한다는 얘기가 떠올랐기 때문이다. 혹시 누군가 지나가다가 내 소리를 들을지도 모른다는 생각에 "I could die, I could die"라고 중얼거리며 떤다. (이건 나중에 생각해보니 좀 웃겼지만 당시엔 절박했다). 불을 켜보려고 허공을 휘저어 램프를 찾았으나 찾을 수가 없다. 앞이 보이지 않으니 촉각에 의존할 수밖에 없다. 손을 뻗어 머리맡을 더듬어 갖고 온 옷을 모조리 껴입는다. 레그워머와 넥워머를 끼우고 남편 주려고 샀던 라마 털모자를 허리에 댄다. 바닥에서부터 올라오는 한기를 조금이라도 막으려는 거다. 슬리핑 백을 머리까지 뒤집어쓰고 공기가 들어오지 못하도록 끝을 오므린다. 하지만 소용이 없다. 그래 이게 패착이다. 나는 멍청하게도 여름용 침낭을 갖고 온 거다. 침낭에 달린 표식에는 0도까지 괜찮다고 쓰여 있었고, 그래서 아무리 파타고니아라고 해도 여름이니까 괜찮겠지 했던 건데 그래서는 안 되는 거였다. 나는 덜덜 떨면서 "이러다가 죽으면 어쩌지?" 중얼거리다가 뜬눈으로 밤을 새운다. 정말이다. 추운 데서 잠자면 죽는다는 생각에 뜬눈으로 버텼다.

분명히 그 순간에도 시계는 변함없이 일정한 간격으로 움직였을 것이다. 하지만 어떤 순간은 영원으로 늘어나기도 한다는 걸 경험상 알고 있다. 그날도 마찬가지다. 예외는 없고 기적도 일어나지 않는, 느리디 느리게 가는 초침. 한숨도 못 자고 날이 밝기 시작한 새벽 6시 30분에 텐트에서 나온다. 온몸의 뼈마디가 구겨졌다가 펴지느라 으드득 소리가 날 지경이다. 허리도, 다리도, 목도 한 번에 제대로 움직일 수 없어 어기적거리며 몸을 편다. 자신의 눈꺼풀이 제 기능을 하지 못하고 있는 건 아닌지 의심할 정도의 절대 어둠의 그 새벽에, 만약 정신이 있었다면 텐트를 열고 별이 쏟아지는 하늘을 바라보며 감동했을지도 모른다. 그런데 어둠에 대한 공포도, 별을 보고 싶은 욕망도, 죽음에 대한 공포 앞에서는 힘이 없었다. 영원히 끝나지 않을 것만 같은 밤을 보내고 텐트에서 나왔을 때 캠핑장에는 아무런 기척이 느껴지지 않았다. 모두들 잠에 빠져 있다. 그들은 모두 편안한 밤을 보낸 것 같다. 나는 짐을 다시 챙겨야 한다. 밤새 껴입었던 옷을 벗어야 하지만 당장은 옷을 다 벗을 수도 없다. 몸이 더워지기 전이기 때문이다. 서둘러 배낭을 싸서 바로 짊어지고 걷기 시작한다. 빨리 몸을 덥히는 게 목표다. 그리고 그 목표는 얼마 안 가서 달성된다. 나는 옷을 하나씩 벗어 배낭에 집어넣느라 자주 멈췄고 시간을 지체했다.

원래 삼 일째의 코스는 프란세스 캠핑장에서 칠레노 캠핑장까지다.

지도에 나와 있는 것만으로도 9시간 여정이다. 게다가 마지막 두 시간 코스는 안전요원이 고개를 흔들며 내게는 절대로 불가능하다고 알려 준 급경사다. 멀쩡한 사람이 9시간 걸렸다면 나는 18시간이다. 시간이 갈수록 속도가 늦어지니 어쩌면 더 걸릴지도 모른다. 내가 아무리 용을 써도 17시간 이상 걸릴 게 틀림없다. 이건 죽으러 가는 거다. 그래서 그 코스를 포기했다. 어제 왔던 길을 다시 되돌아가는 거다. 다시 파이네 그란데 산장으로 가서 배를 타고 푸데토로 돌아간 후 거기서 버스를 타고 라구나 아마르가로 간 후에 라스토레스 산장까지 또다시 셔틀버스를 타고 간다. 거기서 사정을 해서 자리를 바꿔 달라고 해보는 게 오늘의 계획이다. 관건은 배의 시간에 맞출 수 있느냐 하는 것과 버스 시간표다. 그래서 배 시간에 맞추기 위해 부지런을 떨어야 한다. 나는 어제 왔던 길을 되짚어가기 시작한다.

다행히 밤새 물이 많이 빠져서 어제 나를 고통스럽게 했던 진창을 건너는 게 훨씬 수월하다. 개울도 물이 줄어 굳이 돌다리 위를 짚지 않아도 되는 것도 있다. 나는 사진 찍기 위해 멈추는 일도 거의 하지 않는다. 배 시간에 맞춰야 했기 때문이다. 아침을 먹기 위해서 이탈리아 캠핑장에서 잠시 멈춰 복숭아와 삶은 계란을 우적우적 먹은 것을 제외하곤 쉬지도 않는다. 그렇게 열심히 걸었는데 파이네 그란데 산장에 가까워졌다고 느낀 순간 저쪽에서 배가 선착장에 있는 게 보인다. 저 배는 곧 출발할 것이다. 나는 날아가지 않는 이상 저 배를 탈 수가 없다.

CB-3058
PATAGONICOS

Oh, Shit. 내 입에서는 또 탄식이 흘러나온다.

닿을 수 없는 곳, 아무리 애를 써도 잡을 수 없는 것에 대한 포기는 빠른 편이다. 배를 탈 수가 없다는 걸 안 순간 내 걸음은 느려진다. 그래, 괜찮아. 다음 거 타지 뭐. 이왕 늦은 거 파이네 그란데 산장에 가서 점심 먹고 다음 배를 타고 가면 되잖아. 아직 한낮인데. 그리고는 유유자적 느긋하게 걷는다. 갑자기 몸이 휘청할 정도의 바람이 불어 주저앉는다. 옆을 보니 낭떠러지다. 저 바람에 중심을 잃으면 끝이다. 주저앉아서도 가능하면 몸을 낮추어 땅에 붙어 있도록 노력한다. 무서운 바람이다. 5시간 만에 파이네 그란데 산장에 도착했다. 어제보다 한 시간이나 줄였다. 식당에서 1만 페소나 주고 산장 점심을 먹는다. 비싸다는 생각이 들지만 수프도 주고 파인애플 디저트도 주고 오렌지 주스도 있으니까 그렇게 나쁜 편은 아니다.
나는 다음 배를 타고 푸데토에 도착한 후 내가 얼마나 머리가 나쁜지 다시 확인해야만 했다. 애초에 왜 그 배를 타려고 했는지를 까먹었던 거다. 그건 바로 버스 시간표 때문이었다. 버스는 하루에 몇 번 다니지 않아서 내가 11시 40분 배를 타지 않으면 바로 연결되는 버스를 탈 수가 없고 그렇게 되면 라스토레스 산장에 가서 자리 바꿔 달라는 협상을 할 여유를 부릴 수가 없게 된다는 사실. 그 중요한 사실을 잊어버리고는 "뭐 하러 그렇게 열심히 배를 타려고 했지?" 고개를 갸웃거리며 점심을 싹싹 다 먹고 행복하고 느긋하게 쉬었던 거다. (하긴, 그걸 기억하고 있었다고 해도 어쩔 수 없는 상황이긴 했다만…)
그. 런. 데. 파이네 그란데 산장에서 쉬는 동안 바람이 심상치 않게 불기 시작하더니 배를 타고 가는 도중에 비가 내리기 시작했다. 비는 아무런 예고 없이 갑자기 폭우같이 쏟아진다. 푸데토에 도착하자마자 미친듯한 바람까지 분다. 나무는 헤드뱅잉을 하고 이러다가 숲 전체의 나무가 뽑히는 게 아닐까 걱정스러울 정도다. 그 바람 속에서 나는 버스가 오후 6시 40분이나 되어야 온다는 걸 알게 되었다. 원칙 따위 개의치 않고 온갖 변칙이 언제나 있었기 때문에 버스도 그러려니 했지만 내 예상은 빗나갔다. 버스는 시간표와 횟수를 지킨다고 한다. 머리가 멍해지고 마음이 다급해진다. 푸데토 항에 정차해 있던 버스며 승용차로 다가가 "라구나 아마르가까지 가면 나 좀 태워줘"를 외친다.
바람이 어찌나 세게 부는지 한 걸음 내딛기가 힘들 정도다. 쏟아지는 빗발은 칼날처럼 얼굴로 내리꽂힌다. 네루다의 표현을 빌자면 '하늘에서 줄줄이 떨어진 긴 유리 바늘' 같은 빗줄기다. 비옷은 입으나 마나, 순식간에 속옷까지 다 젖어버린다. 그 바람을 뚫고 금방 쓰러질 듯 이리저리 휘청거리며 히치하이킹을 시도한다. 지나치는 자동차가 있는지 둘러보느라 주변을 돌아보니 카페 안에서도, 주차해 놓은 차 안에서도 사람들이 창에 얼굴을 붙이고 나를 구경하고 있다. 저 여자가 미쳤나, 하는 표정이다. 부끄러움을 느낄 여유가 없다. 커다란 관광버스도 흔들리는 그 바람 속에서 곧 넘어질 듯 위태롭게 히치하이킹을 시도하는 동양 여자의 모습이라니. 한숨이 나온다.

실패다. 아무도 나를 태우지 않는다. 그 폭우를 뚫고 지나가는 차도 별로 없지만 라구나 아마르가까지 간다는 차도 없다. 다들 다른 방향으로 가는 차거나 예약된 손님 외에는 태울 수 없다는 버스들이다. 날씨만 좋았다면 성공했을 것이다. 다른 사람들이 그렇게 말했다. "거긴 히치하이킹 인심이 좋은 곳이야"라고. 나는 포기한다. 그리고 카페 밖에 배낭을 부려놓고 안으로 들어가 뜨거운 커피를 마신다. 사람이 너무 많아서 합석을 해야 한다. 오가다 스친 적이 있는 미국인 모녀가 있는 자리로 가서 앉는다. 아이다호에서 왔다는 모녀다. 걸음도 제대로 못 걷고 불평불만으로 매 순간 투덜대는 칠순의 노모를 모시고 여길 오다니 놀랍다고 말하자 여긴 코스를 선택할 수 있다고, 자기들은 버스로 산장이나 호텔까지 가서 살짝 산책 정도만 하고 쉬다 오는 코스라 할만 하다고, 어려운 코스는 말을 타고 했다고 대답한다. 그 순간, 나는 당황한다. 나는 산에서는 모두 걸어서 다녀야 하는 거라고 알고 있었던 것이다. 이렇게 아무런 정보도 없이 오다니, 참 멍청하다.

포기를 배우다

그들과 이야기를 나누는 사이, 체온이 빠르게 내려간다. 겉옷은 등산용 재킷이지만 속에 입은 옷은 평상복이라 속성 건조가 되지 않기 때문이다. 팔을 걷어 살을 만져보니 축축하다. 빨리 옷을 갈아입거나 따뜻하게 해주지 않으면 감기 걸리기 딱 좋다. 아직 버스가 올 시간은 아니다. 나는 버스를 기다리는 동안 나머지 일정을 포기했다. 라구나 아마르가에서 라스토레스 호텔까지 가지 않고 바로 푸에르토 나탈레스행 버스를 타고 가기로 한 것이다. 위험 부담이 너무 컸기 때문이다. 이 비바람을 뚫고 그곳까지 간다 해도 만약 캠프 자리가 없거나 바꿔주지 않는다면 그 밤에 오도 가도 못하고 국립공원 안에 갇히게 된다. 마음을 그렇게 먹고 나니 추워서 몸이 떨려오긴 했지만 느긋해진다. 미국인 모녀는 내게 여행에 대해 이것저것 묻는다. 2014년에 산티아고 순례길 다녀왔다고 하니 궁금해한다. 이번 여행이 쉽지 않았다고 하니 칠레 여행과 산티아고 순례길 중에서 어디가 더 힘들었냐고 묻는다. 나는 이번 여행이 더 어려웠다고 대답한다.

"언뜻 생각하면 순례길이 더 힘들지. 거긴 800km가 넘는 길을 내내 걸어야 하는 거니까. 하지만 거기서는 그저 화살표만 따라가면 돼. 길을 잃었다 싶어도 왔던 길을 되짚어 마지막 화살표만 찾아서 다시 이리저리 둘러보면 반드시 화살표가 있기 마련이야. 길에 대한 고민을 할 필요가

없어. 게다가 일정한 거리만 걸으면 마을이 나타나지. 숙소도 순례자 숙소에서 자면 되고, 식사도 순례자 식단이 있어. 그리고 서로 같은 목적을 가진 사람들이 서로를 도울 마음의 준비들이 되어 있기 때문에 도움을 요청하기도 쉬워. 아니, 도움을 요청하기도 전에 힘들어 보이는 사람에게 손을 내밀지. 천사가 되고 싶은 사람들이 길에 널려 있으니까. 그러니 자신이 어디로 가야 할지 고민하지 않고 화살표만 따라가면 되는 여행은 외려 쉬운 거야. 여기서는 그게 안 되거든. 화살표가 없어. 스스로가 화살표를 만들면서 걷지. 가야 할 방향을 스스로 결정해야 해. 여기서는 서로 다른 목적과 마음으로 여행하는 사람들이라 폐가 될까 봐 도움을 요청하기도 쉽지 않아. 게다가 나는 부상을 당했고 핸드폰을 잃어버려서 외부와의 접촉도 끊어졌고 숙소 예약도 할 수 없으며 아무런 정보도 없는 상태에서 움직여야만 해. 너무 외롭고 힘들어서 내가 이 여행을 왜 그만두지 않고 있을까 수도 없이 질문하며 다녔어. 길에는 내 짐과 지갑을 노리는 사람들 투성이야. 모두들 나더러 조심하라고 경고해. 나는 문득문득 사람들을 의심해. 다른 사람들이 문제가 아니라 내 마음이 문제라는 걸 알아. 겁 많고 움츠러들고 경계하고 의심하고 아파서 쩔쩔매고 불안하고 외롭고 화가 나고 후회하고 긴장하고 슬퍼하는 나. 그러면서도 아닌 척, '쿨' 한 척, 대범한 척, 즐거운 척, 강한 척, 고독 따위 아무렇지도 않은 척하는 나. 이 여행은 나한테 정말로 힘들어"

물론 내 영어는 형편없어서 그 의미가 제대로 전달되었을 리는 없다. 하지만 최대한 내 마음을 표현하기 위해 온갖 바디 랭귀지를 동원한다. 표정과 제스처와 감탄사를 사용한다. 그들이 내 마음을 이해하고 있음을 느낀다. 그러는 사이 누군가 "버스가 왔다"고 소리친다. 밖으로 가보니 비바람을 뚫고 버스가 한 대 와 있다. 이게 내가 타야 할 버스인지 모르겠으나 라구나 아마르가까지 간다고 한다. 버스 시간표에 있는 버스는 아니다. 옆에 있던 남자가 "역시 남미야. 여기선 원칙이 없어" 하며 어깨를 으쓱한다. 나는 배낭을 짐칸에 밀어 넣고 맨 앞자리에 앉는다. 기사가 버스표를 팔기에 내가 갖고 있는 표를 내밀었더니 마구 신경질을 낸다. "노, 노. 그게 아니야. 8천 페소 오케이?" 나는 할 수 없이 8천 페소를 또 내고 버스표를 산다. 그러니까 나는 내가 탔어야 하는 버스가 아닌, 다른 버스를 탄 거였다. 돈을 더 냈으나 후회는 하지 않기로 한다. 더 있다간 감기에 걸릴 것이고 다음 버스를 타면 밤중에 도착하므로 숙소 찾기도 힘들다. 그냥 가자.

버스 앞 유리에는 금이 가 있다. 세어보니 전부 9군데나 불규칙적인 균열이 나 있다. 아마도 바람에 날아온 돌멩이 때문일 것이다. 버스는 위태롭게 출발한다. 바람이 너무 세서 앞으로 나가는 게 힘든 것 같다. 거북이도 쉬이 올라갈 경사인데도 속도가 시속 10-20km밖에 나지 않는다. 차가 낡고 후져서 그런가 했으나 멀쩡한 도로를 달릴 때 보니 시속

100km 이상 나온다. 천천히 달리는데도 그 커다란 버스가 휘청거린다. 승객들 모두 누가 시키지 않아도 안전벨트를 매고 얌전히 창밖만 바라본다. 사이코패스 같은 바람을 뚫고 기어가듯 달리는 버스 차창으로 나는 토레스 델 파이네의 상징과도 같은 거대한 세 개의 봉우리, 삼봉을 본다. 결국 나는 삼봉 근처에도 못 가보고 여길 떠나는구나. 자연이 허락하지 않는 것에 미련을 두지 말자. 몸 성히 내려가는 것만 해도 얼마나 다행인가. 나는 계속 마음을 다독인다. 이번 여행에서는 정말로 몸 성히 내려오지 못할 수도 있었다.

언어의 신비

푸에르토 나탈레스에 도착했는데, 걸음을 걷기가 힘들다. 이 발로 어떻게 산길을 걸었을까, 내가 꿈을 꾼 것은 아닐까 싶게 절룩거린다. 비가 내리고 바람도 몹시 부는데 산에서처럼 무섭지는 않다. 나는 짐을 맡겨둔 호스텔 다니카로 가지 않고 첫날 묵었던 레이마 호스텔로 간다. 열쇠를 내주면서 할아버지가 내게 몇 번이나 "아유 오케이?" 라고 묻는다. 가스히터로 방을 덥히는 동안 가방에 남아 있던 에너지 바와 분말 수프를 먹는다. 뜨거운 물에 샤워를 하고 바로 쓰러진다. 아침까지 내처 잔다. 꿈도 없있고 아픔도 없었다. 살아 돌아왔다는 사실에 안도한다. 다음 날 일어나 보니 여전히 비가 내린다. 빨래를 맡겨야 했지만 그러고 나면 갈아입을 옷이 없다는 게 문제다. 날이 따뜻해질 때까지 기다려야 한다.

식빵이 아닌 제대로 된 빵과 치즈와 뜨거운 커피가 있는 아침 식사를 한다. 바로 옆에 있는 인터넷 카페로 간다. 얼마만의 메일 체크인지… 남편의 메일이 도착해 있다. 저녁에 불 꺼진 집에 들어오는 게 힘들다고. 많이 외롭다고. 보고 싶다고. 이게 중년의 사랑이구나 생각한다고 쓰여 있다. 평소에 남편은 내게 사랑한다거나 하는 낯간지러운 말은 하지 못하는 사람이다. 읽는 동안 이 편지를 정말로 남편이 썼을까 의심이 들 정도의 낯선 언어다. 그런데 놀랍게도 나는 그 이메일을 읽으면서 눈물이 난다. 옆자리 사람에게 들키지 않으려고 슬쩍슬쩍 눈물을 훔치며 읽고 또 읽는다. 다른 메일들을 살펴보니 여기저기서 강의 요청이며 처리해야 할 학교 문제며 스케줄 조절 따위의 일들을 남편이 대신해주고 있었다. 지난 학기 시험 성적과 관련해서 자료들을 인천의 학교에 가져다주는 일까지. 그는 내가 없는 동안 비서 노릇을 충실히 하고 있었다.

인터넷 카페에서 나와 바닷가로 산책을 하는데 가슴 깊은 곳에서 따뜻한 기운이 솟는 게 느껴진다. 전날 지치고 힘들고 외롭던 마음이 거싯발처럼 가시고 온몸에 부드럽고 너그러운 힘이 퍼진다. 사람의 말이,

글이 이렇게 신비롭구나, 중얼거린다. 누군가 나를 기다리고 있다는 것, 나를 사랑한다는 것, 나는 사랑받고 있다는 믿음이 주는 놀라운 힘을 체험한다. 다리에 힘이 들어가고 허리가 꼿꼿하게 펴진다. 흥얼흥얼 콧노래도 나온다. 앞으로 남은 열흘 남짓의 시간을 즐겁게 보낼 자신이 생긴다.

바람은 여전히 내 모자를 벗겨버릴 정도로 불어댄다. 그 모진 바람 속에서 땅바닥에 납작 엎드려 핀 데이지를 본다. 바람 때문에 바들바들 떠는 것처럼 보인다. 핸드폰이 없어 남아도는 시간 덕분에 나는 하늘의 구름을, 땅의 풀과 꽃들을 원 없이 바라보고 또 바라본다. 목적이 뚜렷한 사람들도 있고 금방이라도 사라져버릴 것만 같은 무게감으로 휘적휘적 걷는 사람들이 보인다. 나는 심심하다. 매일 매 순간 SNS로 전하던 말들을 뱉어낼 수가 없으니 안으로 삼키고, 수첩에 쓴 글을 읽고 또 읽는다. 지나가는 사람들과 눈인사를 하고 옆에 앉은 이와 긴 수다를 떤다. 설탕 섭취량이 많아서 전반적으로 비만인 사람들을 본다. 이곳 사람들은 콜라와 청량음료를 많이 마시고 감자 으깬 요리에도 버터를 녹여 듬뿍 집어넣어 만들며 고기도 엄청나게 먹는다. 집에서 만들어 먹는 오렌지 주스에도 설탕을 푹 쏟아붓는다. 남녀 모두 배가 많이 나왔고 하체가 비만이다. 수다를 떨고 사람들을 자세히 볼 수 있게 된 건 핸드폰이 없는 덕분이라고 생각한다. 나는 심심했고 또 심심해서 사람들을, 자연을, 동물을 관찰했고 말을 나눌 사람을 만나면 기뻐서 같이 시간을 보냈던 것이다. 호스텔을 다시 다니카로 옮기고 마트에 가서 장을 보고 아무도 없는 부엌에서 전에 펑린과 함께 먹었던 국수를 끓인다. 양배추와 양송이버섯과 양파와 마늘을 넣고 푹 끓이다가 스파게티 면을 넣고 오래 삶으면 놀랍게도 맛있는 야채수프 국수가 만들어진다. 역시 남은 채소와 삶은 달걀과 토마토를 썰고 식초와 올리브유를 뿌려 샐러드까지 곁들인다. 펑린 생각이 많이 난다. 그녀는 지금 엘칼라파테에 가 있을 것이다. 나는 6인실 침대에서 다시금 취침용 귀마개를 찾아 꽂고 잠을 잔다.

비행기가 뜰까?

산에서 내려온 후 이틀을 더 푸에르토 나탈레스에서 머물렀다. 모든 식사를 숙소에서 직접 해 먹었기 때문에 한 번쯤 호사를 누리고 싶기도 하다. '바로스 아라나' 거리에 있는 '파타고니아 둘체' 라는 이름의 예쁜 카페에서 커피와 케이크를 먹으며 시간을 보내기도 한다. 카페 개념이 없는 그곳에서 찾을 수 있는 유일한 카페다운 카페다. 고급 선물 가게에서 남편과 친구에게 줄 텀블러 컵을 산다. '파타고니아' 라는 글자와 산이 그려진 컵은 내가 갖고 싶은 물건이기도 하다. 모처럼 해가 비치던 날, 나는 하루 종일 거리를 어슬렁거리며 마을을 몇 바퀴나 돌아

다닌다. 마을은 정말로 조그마해서 아무리 천천히 돌아도 금세 제자리로 돌아오곤 한다. 원주민 박물관에 들어가 그곳에 살던 다양한 종족의 인류학적 분류 자료를 꼼꼼히 들여다보고 그들이 사용하던 사냥 도구와 마테 찻잔을 둘러보고 토레스 델 파이네의 삼봉 앞에서 말보로 담배 선전에 나올 것 같은 포즈로 말 위에 앉아 있는 남자들을 찍은 사진을 넋을 놓고 바라보기도 한다. 동네 도서관에 가서 아이들이 노는 걸 구경하고 이 골목 저 골목 떼 지어 놀러 다니는 개들을 사진으로 찍기도 하며 시간을 보낸다.

떠나는 날 아침, 앞 침대에 있던 벤야민이라는 칠레 청년과 인사를 나누었다. 그는 생물학 연구원으로 토레스 델 파이네 등반을 끝내고 산티아고로 돌아가는 길이라고 한다. 같은 비행기다. 6인용 승합 택시를 예약했다기에 혹시 자리가 남으면 내 것까지 예약해 달라고 했더니 그렇게 해준다. 그는 한국에 대해 묻는다. 뉴스를 통해 한국 상황을 알게 되었단다. 나는 최선을 다해 설명하려고 노력하지만 핸드폰으로 사전을 찾아 어휘를 풍부하게 할 수 없는 탓에 저급한 수준의 설명에 그쳐야 했다. 수 주간 사람들이 촛불집회를 하고 정치권을 압박해서 결국 대통령 탄핵을 시킨 이야기, 헌법재판소의 판결을 기다리고 있는 중이라는 이야기를 하자 그는 엄지손가락을 치켜든다.

"나도 대충 신문에서 읽었어. 칠레는 한국보다 2,30년가량 뒤처진 것 같아. 경제적으로도 그렇지만 정치적으로도 그래. 너희는 어떻게 그런

민주주의를 이룰 수가 있었니? 피 한 방울 흘리지 않고 평화적으로 대통령을 끌어내리다니, 대단하지 않아? 그게 어떻게 가능했는지 설명해 줄 수 있어?”

세상에, 초등학생 영어단어 수준을 갖고 있는 내게 저런 질문을 하다니? 그러나 언어는 수단. 서로 이해하려는 마음만 있다면 인간은 얼마든지 이해할 수 있다(정말?). 그리고 저건 언어나 단어 수준의 문제가 아니다. 난들 이번의 촛불 혁명이 어떻게 가능할 수 있었는지 알겠나? 하지만 나는 최선을 다해 설명하려고 애를 쓴다. 우리도 너희 칠레처럼 독재 정권의 역사를 가지고 있다는 것, 그 독재 정권 동안 수많은 학생들과 시민들이 죽었다는 것. 거리에는 화염병과 짱돌이 날아다니고 다치고 끌려가고 고문 받고 죽고 언론은 왜곡하고 국민들은 두려워하는 과정을 비슷하게 겪었다는 것. 하지만 그렇게 해봐야 결과는 또 다른 독재 후계자나 부패 세력들로의 정권교체로 이어졌다는 것. 지금의 대통령은 과거의 군사 독재자의 딸이었다는 것. 역사를 설명하려다 난관에 부딪히고 현재의 비폭력 촛불 이야기로 넘어갔는데 비폭력으로 이끈 건 바로 시민들 자신이었다는 내 설명을 잘 이해하지 못한다. “시민들 스스로 폭력적일 수도 있었던 상황에서 자제하고 서로에게 비폭력을 외쳤다고?”라고 몇 번이나 되묻는다.

“우리 칠레인들은 지금 둘로 나뉘어 있어. 피노체트 시절은 사람들을 서로 화해할 수 없는 사람들로 만들어 버렸지. 독재는 끝났지만 독재자에 대한 처벌은 이루어지지 못했어. 피노체트는 벌을 받지 않은 상태로 살다가 갑자기 죽었어. 그렇게 죽어서는 안 되었던 거야. 벌을 받았어야 해. 그의 갑작스런 죽음은 너무나 허탈하고 화가 나. 우리 젊은이들도 우리나라의 미래를 생각해. 한국도 우리의 모델 중 하나야. 특히 너희가 이룩한 역동적인 민주주의는 놀라워"

언제나 내 나라가 싫었기에 타인의 그런 평가가 낯설기만 하다. 누군가는 우리를 부러워하기도 하는구나, 생각한다. '속내를 모르니 그런 거지. 어떤 나라도 거리를 두고 보면 다 좋아 보일걸?' 하지만 겉으로는 웃어 보인다. 그렇게 수다를 떨고 점심 샌드위치를 만들어 먹은 후 산책을 다녀오고 나서야 공항으로 가는 승합차가 온다. 시골 버스터미널 같은 공항에서 기다리는 동안 나는 진심으로 걱정스러워졌다. 담배를 피우기 위해 밖에 서 있을 때 몸을 가누기 힘들게 바람이 불었기 때문이다. 중심을 잡기 위해 난간을 붙잡아야만 하고 하도 머리가 흔들려서 어지러울 지경이다. 바람막이 외투는 찢어질 것만 같다. 사람들 머리카락은 너나 할 것 없이 산발이 되었고 입에서는 한탄인지 감탄인지 모를 소리가 터져 나온다. 사람들은 눈만 마주치면 "비행기가 뜰까?" 묻고 대답으로 고개를 절레절레 흔든다. 몇 명이 타는 비행기인지는 모르지만 설마 강풍에 민들레 홀씨 흩날리듯 날아가기야 하겠어? 나는 속으로 비행기가 바람을 타고 위태롭게 버티다 공중으로 사라져

버리거나 바다에 빠져버리는 상상을 해버리고 만다. 비상탈출 과정을 되새기고, 내가 수영은 할 줄 알았던가 되짚고, 이 기온에 바다에서 몇 분이나 견딜 수 있을까 계산하고, 떠나올 때 블로그에 비밀글로 써놨던 유서를 남편이 발견할 수 있을까 염려한다. 그만큼 바람은 거셌고 불안은 컸다.

오후 3시 15분 푸에르토 나탈레스에서 비행기는 예정대로 출발했다. 여승무원 혼자서 체크인과 탑승까지 다 감당한다. 통로를 사이에 두고 좌우 세 명씩 앉는 좌석이 26열까지 있으니 156명 정도 타는 작은 비행기다. 승무원은 여자 둘, 남자 하나다. 세 시간 남짓한 비행시간 동안 음료는 사 먹어야 하지만 물가 비싼 칠레에서 비록 인스턴트커피라도 1천 페소만 받으니 그나마 양심적이라 할 만 하다. 비행기가 이륙한 후 15분 정도 지나니 안정권에 들어선다. 흔들림은 사라졌다. 나는 곧 잠이 들었다.

SKY

일곱 번째 행운: 다시 산티아고

기억해줘서 고마워

산티아고 공항에 도착해서 나는 무작정 처음 여행을 시작했던 돈 산티아고 호스텔로 향한다. 방법이 없다. 주소를 아는 유일한 숙소이고 가는 방법을 알고 있으며 저렴하다. 불안하지 않은 건 아니다. 침대가 없으면 어떡하나? 하지만 호스텔에는 컴퓨터가 있고 그들은 나를 도와줄 거라는 믿음이 있다. 벨을 누르니 낯익은 얼굴이 나타난다. 본 적 있는 스태프이다. 그녀는 나를 보자 대뜸 내 이름을 부른다. 마음이 따뜻해지는 손님맞이다. 그녀는 절룩거리는 나를 보고 놀라고 일단 배낭부터 받아 내리더니 커피를 한 잔 내준다. 그들의 친절에 감격해서 눈물이 날 지경이다. 다행히 침대는 남아있고 그들의 배려로 아래층 침대를 받았다. 스태프는 내게 호스텔 사용 설명을 할 필요가 없다. 다 아는 곳이고 집처럼 편안하다. 뒤뜰에 가니 몇몇 숙박객이 카드 게임을 하고 있다. 젊은 친구들은 여전히 생기발랄하지만 나는 갑작스런 기온 변화로 기진맥진해 있다. 영상 7-8도에 바람이 몹시 불던 파타고니아에서 갑자기 영상 37도로 날아온 것이다. 더운 방에는 밤새 선풍기가 돌아가고 거리에는 차량들의 소음과 먼지로 가득하다. 그렇다. 다시 산티아고다. 나는 다시 대도시에 왔다. 긴장해야 하는 대도시.

피곤이 극에 달했으나 밤새 잠을 못 이루고 일찍 아래층에 내려왔더니 안드레아가 화들짝 놀라며 나를 안는다. "너를 다시 만나게 되어 얼마나 기쁜지 모르겠어." 우리는 이산가족 상봉이나 하는 것처럼 감격스러워한다. 원주민 아주머니 마리아가 아침 식사를 준비하는 사이 우리는 그간 있었던 일에 대해 이야기를 나눈다. 곧이어 나온 따뜻한 아침 식사. 모든 채소를 프라이팬에 구워서 주는 이곳 아침 식사가 얼마나 정성이 깃든 것인지는 칠레를 돌아보고 난 후 알게 되었다. 마리아는 내 접시를 더 풍성하게 채워준다. 숙소를 다시 찾아준 손님에 대한 감사의 표시 같다. 맘껏 마실 수 있는 망고 주스와 원두커피, 그리고 오믈렛과 가지와 토마토, 당근을 비롯한 몇 가지 구운 채소들, 토스트 몇 조각과 버터와 잼. 좋은 호텔들만 다녔다면 그다지 감격하지 않았을 이런 아침 식사는 내 행복감을 몇 배나 증폭시켜준다.

낯선 도시에서 자신이 이방인이라는 사실을 잠시 잊을 수 있는 건 그곳에 살고 있는 사람들을 기억하고 있을 때이다. 그래 봐야 이방인 신분이 달라지는 건 아니지만 마음에 온기가 퍼지는 건 중요하다. 내가 기억하는 사람이 있고 나를 기억하는 사람이 있는 곳이라면 더 이상 그곳은 낯선 곳이 아니게 된다.

한 번에 되는 일이 하나도 없네

산티아고에서는 제일 먼저 병원에 가기로 한다. 이제 여행 막바지니 발에 심각한 부상이 있다고 해도 어쩔 수 없다는 계산에서다. 그리고 출발 전에 인터넷으로 했던 여행자 보험 혜택을 받으려면 진단서가 필요하기도 하다. 동네의 작은 '의원' 정도의 병원을 찾았으나 스태프들이 권해준 건 가톨릭 대학 병원이다. 한국과 크게 차이가 없을 거라는 지레짐작으로 종합병원을 찾는 게 썩 내키지 않았으나 달리 방법이 없다. 예상대로 접수처에서는 영어가 통하지 않는다. 나는 무작정 지나가던 의사 가운을 입은 남자를 붙잡고 사정을 설명하고 그는 나를 영어 할 줄 아는 병원 직원에게 안내해 준다. 그녀의 설명에 의하면 이런 경우

무조건 응급실로 가야 한다고 한다. 응급실에서 접수하고 1시간 정도 지나 의사를 만날 수 있었다. 정형외과 의사 한 명과 레지던트로 보이는 사람이 발을 살펴보고 왼쪽 가슴께를 촉진한다. 처음 부상당했을 때보다 훨씬 나아졌다는 내 말만 듣고 엑스레이도 안 찍고 진단서를 끊어준다. 발목 삐고 가슴은 타박상이라는 것. (나중에 귀국해서 정형외과에서 엑스레이 찍어서 받은 진단에 의하면 발목 인대 손상에다가 가슴은 타박상이 아니라 갈비뼈에 금이 간 상태였다). 진단서는 무슨 자격증 증서처럼 권위가 느껴지는 서류로 되어 있다. 무려 3시간에 걸친 그 과정 후에 호스텔로 돌아와 배낭에 집어넣기 위해 가벼운 마음으로 꺼내 훑어보는데 아뿔싸, 중대한 실수 하나를 발견했다. 내가 다친 부위는 모두 왼쪽이었는데 서류에는 오른쪽으로 쓰여 있는 거다.

뭐 별일이야 있겠나 싶어 그냥 집어넣는다. 스페인 의사가 영어에 서툴러 잠시 실수한 거라고 해명하면 될 일 아닌가. 그런데 생각할수록 마음에 걸린다. 가짜 진단서도 아니고 어떻게 왼쪽 오른쪽을 헷갈릴 수가 있는가. 보험회사에서 문제 삼으려 든다면 얼마든지 문제가 될 수도 있는 서류다. 나는 호스텔 스태프에게 부탁해서 병원으로 전화를 걸었다. 상황을 설명하니 다행히 그쪽에서 금방 이해한다. 다음 날 예약 시간에 맞춰 병원에 가니 준비된 진단서를 내민다. 그 흔한 '미안하다' 는 말은 하지 않는다. 자신의 실수가 민망했겠지만 그것을 겉으로 드러내는 게 자존심 상했던 모양이다.

드디어 모네다 궁

대통령 궁인 모네다 궁에 들어오기까지의 과정은 참으로 지난했다. 한국에서 인터넷으로 예약을 시도했으나 이메일을 여러 번 보내도 답이 없었다. 칠레에 도착해서 제일 먼저 한 일도 모네다 궁에 가서 예약을 어떻게 하는지 알아보는 일이었다. 특별한 건 없다. 인터넷으로만 할 수 있다는 것이다. 하지만 이번에도 성공하지 못했다. 계속 에러가 뜬다. 호스텔 매니저의 도움으로 삼일 연속 시도해서 간신히 성공한다. 그러나 접수에 성공한 거지 확인은 아니었다. 확인 메일은 한참이나 시간이 흐른 후 파타고니아에 있을 때 받을 수 있었다. 거기에는 확인 메일을 프린트해서 들고 가야만 입장할 수 있다는 말이 스페인어로 쓰여있었다. 그러나 호스텔에는 프린터도 없다. 하는 수 없이 인터넷 카페를 찾아 헤매다가 방문예약 된 당일 아침에 겨우 프린트해서 모네다 궁에 들어갈 수 있게 되었다.

영어 가이드는 칠레의 영어 선생님이었던 분으로 자신의 정치적 견해가 무척 분명한 사람이다. 미국에서 살고 있는 중국인 부부와 나, 그렇게 세 명밖에 안 되는 관람객을 데리고 다니며 마치 초등학교 역사 시간 수업하듯 궁에 대해 설명한다.

궁은 예상외로 소박한데 개방된 공간이 매우 한정되어 있어서 전체적인 분위기를 파악하기에는 무리다. 게다가 피노체트 쿠데타 이후 완전히 새로 수리를 한데다가 아옌데 대통령 시절의 기억을 지우느라 집무실도 이사를 해버렸고 지금까지 누구도 그곳에 갈 수가 없다고 설명한다. 벽에 만들어 놓은 아옌데의 초상 메달과 글자는 그저 상징적으로 해놓은 것일 뿐, 역사의 공간으로 가는 길은 막혀 있었다. 나는 엉뚱한 벽에 박혀있던 아옌데 대통령의 초상 메달 앞에서 사진을 찍는 것으로 아쉬운 마음을 달랬다.

여기서 잠깐 살바도르 아옌데가 누구인지 살펴보기로 하자. 그는 1970년에 다양한 이해를 가진 좌파 그룹이 모인 민중연합의 후보로 대통령에 당선되었다. 서구 사회에서 좌익 후보가 선거를 통해 집권에 성공한 최초의 사례였다. 그를 지지했던 사람들이 바로 광산 노동자들이었다. 대통령이 되고 나서 제일 먼저 한 일이 구리 광산을 국유화 한 일이었다. 1971년 7월 11일이었다. 칠레는 그 날을 '국가 위신 회복일' 이라 이름 붙이고 기념했다. 광산을 국유화한 날이 국가 위신 회복일로 불리는 데는 이유가 있다. 칠레가 영국과 유럽인들의 관심의 대상이 되고 이민을 불러들인 계기는 그곳에서 초석이라는 광물이 발견되고부터다. 런던에서는 백색 금이라고 불리던 초석이 나오자 사람들이 칠레로 몰려들었고 최고 전성기에는 120개의 초석 회사가 설립되었을 정도로 성업을 이루었다. 이 초석을 차지하기 위해 페루-볼리비아 동맹과 칠레는 치열한 전쟁을 치르기도 했고 쿠데타 시도와 무수한 학살이 이루어지기도 했다. 이십 세기에 들어서면서 열악한 노동 조건과 처우 때문에 소요가 시작되었고 1900년에서 1925년 사이에만 무려 칠천여 명의 노동자가 학살되기도 했다고 역사는 기록한다.

칠레는 빈부의 격차가 심한 나라였다. 대다수의 민중은 힘든 노동에 시달렸지만 항상 굶주렸다. 아옌데는 지독한 가난으로 고통받는 사람들을 생각해서 칠레의 모든 어린아이들에게 매일 일정량의 우유를 제공하겠다는 공약을 했으며 구리 광산의 막대한 이익을 독점해서 가져가는 미국에 대항하여 국유화하겠다는 약속을 했다. 그리고 그 이익은 칠레의 모든 민중의 것이 되리라고 했다. 노동자들과 가난한 이들은 아옌데를 지지했다. 드디어 아옌데가 대통령에 당선되었고 약속대로 1971년 광산 국유화를 선포했던 것이다.

하지만 예상할 수 있듯이 기득권을 누리고 있던 보수 우파들은 가만히 앉아서 당하고만 있지 않았다. 공산주의자 아옌데의 정권을 막기 위해 애를 썼지만 막을 수 없었던 칠레의 우파들과 미국은 아옌데 집권 후 집요하게 그 정권을 망하게 할 계획을 실행해 나간다. 1970년 11월 6일, 리처드 닉슨 미국 대통령은 국가 안보회의에서 다음과 같은

연설을 한다. "우리는 라틴 아메리카가 아무런 대가도 치르지 않고 그 길을 갈 수 있다고 믿게 해서는 안 된다." 그들은 칠레의 우파를 도와 공산주의가 파멸하도록 모든 책동을 준비했다. 미국은 막대한 자금을 물밑으로 풀어 화물차 기사들이 파업하도록 유도하고 공장의 생산을 중단하도록 획책했다. 공산주의 정권하에서는 제대로 된 삶을 살 수 없다는 것을 보여주기 위해서 물질을 볼모로 잡은 것이다. 슈퍼마켓에는 물건이 없고 수도를 끊어 물을 마실 수도 없게 만들었으며 전기도 끊었다. 미국은 CIA를 동원하여 정치적 공작을 편다.

중산층은 자기 삶의 기반이 무너지는 것을 두려워한 나머지 우파의 편에 섰다. 물건을 수입할 수 있는 길목이 막혔고 경제적 압박은 날이 갈수록 심각해졌다. 고립 작전을 편 것이다. 과연 그런 상황에서 얼마나 버틸 수 있을 것인가. 하지만 민중은 아옌데와 함께 하리라는 의지를 다진다. 마침내 총선에서도 인민연합이 승리하자 군이 들고일어난 것이다. 그날은 1973년 9월 11일, 화요일이었다. 그렇다. 우리가 911, 뉴욕의 쌍둥이 빌딩 테러로 기억하고 있는 그 날이 칠레에서는 군사 쿠데타가 일어난 날이었던 거다. 피노체트는 쿠데타로 집권하자마자 광산뿐 아니라 공동묘지, 기차, 항만을 비롯하여 쓰레기장까지 거의 모든 것을 다시 민영화했다.
피노체트 쿠데타가 일어난 날의 기록은 〈산티아고에 비가 내린다〉라는 영화로 남았다. 아옌데가 대통령에 당선되던 날과 그 이후의 과정, 쿠데타로 피노체트가 집권하는 과정이 교차로 편집되면서 절박했던 그날이 다큐멘터리 같은 영화로 보인 것인데 영화를 보면서 몇 번이나 울컥해서 화면을 멈춰야 했다.

거리에 탱크가 몰려오고 군인들이 모네다 궁을 에워쌌을 때 아옌데는 마지막으로 국민에게 연설을 했다. "칠레 국민 여러분, 이 연설은 제가 여러분께 드리는 마지막 연설입니다. (…) 이 역사적 시점에서 나는 민중에 대한 충성을 목숨으로 대신하려 합니다. 우리의 희생은 결코 헛되지 않을 것입니다. (…) 본인의 목소리는 더 이상 여러분에게 다가가지 않을 것입니다만, 그것은 중요하지 않습니다. 왜냐하면 여러분은 계속해서 그 목소리를 들을 것이며, 그것은 언제나 여러분과 함께할 것이기 때문입니다. 최소한 국민 여러분은 혁명에 헌신한 정직한 인간으로서 저를 기억할 것입니다. 본인은 칠레와 칠레의 운명을 믿습니다. 누군가가 이 암울하고 쓰라린 순간을 극복해 내리라 믿습니다. 머지않아 자유를 사랑하는 사람들이 더 나은 사회를 향해 위대한 길을 열 것이라 여러분과 함께 믿습니다. 칠레여, 영원하라!"

그는 모네다 궁에서 죽은 채로 발견되었다. 누군가는 그가 살해되었다고 말하기도 하고 군대가 체포하기 전에 자살했다고 말하기도 한다. 우리를 안내했던 영어 가이드는 사람들이 살바도르 아옌데를 '칠레의 유일한 대통령' 으로 부른다고 한다. 그 말은 절반만 사실일 것이다.

왜냐하면 아옌데를 지지했고 사랑했던 국민이 있는가 하면 그를 반대하고 저주했던 국민도 있기 때문이다. 시간이 지났으므로 그 나누어진 상처가 아물었을까? 그렇지 않다는 건 여행 내내 사람들을 만나서 이야기하면서 확인할 수 있었다. 칠레는 여전히 둘로 나뉘어 있었고 과거의 역사를 바라보는 시각도 달랐다. 당연한 일이다.

나는 신경성 대장 증세로 오랫동안 고생했는데 나이 들면서 좀 나아졌나 싶지만 가끔 그게 다시 심해지곤 한다. 중요한 장소에만 가면 배가 아파져서 급하게 화장실을 찾아야 한다. 하필이면 모네다 궁에서 그런 일이 발생한다. 슬슬 배가 아파지기 시작하더니 참을 수 없는 지경에 도달한다. 얼굴이 하얗게 질리기 시작하고 이 상황을 벗어나기 위해 부끄러움을 무릅써야 한다. 열심히 설명하는 가이드의 말을 멈추고 "나, 화장실 가야 한다. 급하다"라고 말한다. 쪽팔림은 한순간이지만 결과는 참혹할 것이기 때문이다. 지금껏 가이드 하면서 이런 일이 처음이라는 듯 당황한 가이드의 말은 나를 절망에 빠뜨린다. "어떡하지? 여기 모네다 궁에서는 화장실을 쓸 수가 없어. 관람객이 갈 수 있는 화장실이 없어" 어떻게 이런 일이 있을 수가 있나? 참을 수 있는 성질의 것이 아님을 알아챈 가이드는 나와 일행을 이끌고 일단 건물 밖으로 나간다. 무작정 경호원 사무실로 가서 사정을 말한다. 경호실장 정도로 보이는 사람이 황당하다는 표정을 짓는다. 아주 굼뜬 행동으로 옆에 있던 작은 문을 가리킨다. 내키지는 않으나 어쩔 수 없다는 듯한 태도다.

나는 화장실 안으로 들어간다. 살았다는 안도감에 땀이 쏙 빠진다. 덕분에 나는 모네다 궁의 경호실도 들어가 보고 그들의 화장실도 보게 되는 행운을(?) 누린 매우 드문 관광객이 되었다. 언제나 이런 식이다. 내 여행의 백미는 전 세계 곳곳에 흔적을 남겨 놓는 것이다. 굳이 장소를 구체적으로 명시할 필요가 없을 정도로 어디서나 내 장은 예민하게 움직여 나를 당황시켰다. 영역을 표시하려고 배설을 하는 개도 아니고…

독재는 끝났으나

여행 내내 사람들에게 묻고 다녔다. 빅토르 하라를 아세요? 비올레타 파라를 아세요? 그들의 노래를 부를 수 있나요? 네루다의 시를 외우는 게 있나요?… 많은 사람들이 그런 질문을 하는 내게 미소를 보내 주었다. 오랜 친구를 우연히 만난 듯 반가워하는 사람들이 대부분이었다. 내가 〈생에 감사해〉의 첫 소절을 부르면 사람들은 환하게 웃으며 따라 불렀고 〈벤세레모스〉를 부르면 내 어깨를 두드렸다. 그들은 내게 자신들이 기억하는 70년대를 얘기해줬고 20대 젊은이들은 자기 부모가 얘기하는 독재 시절을 전해줬다. 흥미로운 건 빅토르 하라는 알고 있어도 그의 노래를 부를 수 있는 사람은 별로 없었다는 점이다.

거리에서 만난 사람들 중에서 대다수는 아옌데 대통령을 추억하고 과거 독재 정권을 비판했다. 하지만 다른 의견을 가진 사람들도 만날 수 있었다. 그들은 조심스럽게 "피노체트 시절이 악마화되는 것에 반대한다"라고 말했다. 모든 역사에는 음영이 있는 법이라고 했다. "지금은 학교에서도 아옌데, 아옌데 하면서 마치 칠레에 아옌데만 있었던 것처럼 얘기하고 피노체트 시절을 비판만 하지만 아옌데 시절이 지옥 같았던 사람도 있는 법"이라고, 그들이 침묵하는 이유도 알아야 한다고, 너는 외국인이니까 그 양쪽 소리를 다 들을 수 있는 거 아니냐고 했다. 나는 그들이 어떤 생각을 하고 있는지 금방 알아챘다.

"우리나라도 마찬가지다. 지금 대통령도 과거 군사 독재 시절 독재자의 딸이다. 독재 정권 시절을 그리워하면서 그때가 좋았다고 진심으로 믿는 사람들이 우리나라에도 존재한다"라고 대답했다.

나는 그들이 나와 대화하기를 거부하지 않기를 바랐다. 산 크리스토발 언덕에서 만난 한 가족은 내가 네루다와 빅토르 하라 이름을 대자마자 표정이 굳더니 자리를 피하기도 했다. 마치 비밀경찰이라도 만난 것처럼 경계하는 눈빛이었다. 푸에르토 바라스의 호스텔에서 만난 대학생 두 명은 그때까지 만났던 학생들 중에서 그 누구보다 영리하고 똑똑했는데 "우리는 아옌데가 최고의 대통령이라는 말에 동의하지 않는다. 부모님들의 말에 따르면 그 시절은 정말로 끔찍했다고 한다. 피노체트 시절에 우리나라는 많은 발전을 이루었고 사람들은 과거보다 훨씬 더 잘 살게 되었다. 그 과정에서 많은 사람들이 정치적으로 박해를 받거나 실종이 되기도 했지만 그건 어쩔 수 없는 일이기도 했다." 라고 했다. 그들은 의대생이었고 영어를 완벽하게 구사했으며 2인실을 쓰면서 꼭 둘이서만 다녔다. 다른 누구와도 어울리지 않았다. 피스코 샤워를 마시다가 내게 같이 마시자고 권했다는 게 신기하게 느껴질 정도로 그들은 배타적이었다.

나는 왜 비올레타 파라의 박물관은 있어도 빅토르 하라의 박물관은 없는지, 공립 묘지에서도 비올레타 파라의 무덤은 출입구 바로 옆에 누구나 쉽게 찾을 수 있는 곳에 있지만 빅토르 하라의 무덤은 구석에, 누구도 쉽게 찾을 수 없는 곳에 처박혀 있는지 이해할 수 있었다. 살아생전에 비올레타 노래는 제대로 인정받지 못했고 지독히 가난했으며 비난받았으나 훗날 사람들은 비올레타 파라가 칠레 민중의 보편적인 애환과 정서를 노래했기 때문에 그녀의 생애와 노래의 의미를 제대로 이해하지 못하면서도 좋아한다. 하지만 빅토르 하라의 노래는 '지나치게 정치적' 이라고 생각한다는 것을 알게 되었다. 그래서 산티아고 광장에서도, 아타까마 사막의 레스토랑에서도 〈생에 감사해〉는 흘러나왔지만 빅토르 하라의 노래는 들을 수 없었다. 하긴, 그때 그 순간의 망치와 같은 '도구' 로 쓰이길 원했던 빅토르 하라의 노래가 비둘기가 날아다니고 연인들이 키스하는 광장에 울려 퍼지는 건 어색하나. 그긴

평화롭게 산책하는 수목원에서 "흩어지면 죽는다, 흔들려도 우린 죽는다 (…) 지키련다 동지의 약속, 해골 두 쪽 나도 지킨다"로 진행되는 〈단결투쟁가〉가 스피커에서 흘러나오는 것만큼 이상할 것이다.

혹시 그들 중에는 실패했던 사회주의를 다시 시도해보고 싶은 사람들도 있을까? 가난했지만 희망에 부풀기도 했던 시절, 시인의 노벨상 수상 소식에 도시의 슬럼가와 빈민굴에서도 축하 행사가 벌어지던 날의 기억, 거지가 사라진 거리, 실질 임금이 올라 가족 부양에 부담이 줄었다고 얘기하는 그 시절 말이다. 그런데 내가 만난 사람들은 하나같이 손사래를 쳤다. "그건 생각할 수 없어." 그 말의 의미를 물었지만 그들은 애매하게 답하곤 했다. 그 밑에는 두려움이 깔려 있음을 감지했다. 만약 다시 사회주의 정권이 들어선다면 그때와 마찬가지로 끔찍한 응징이 있을 거라는 생각. 더군다나 그때보다 더 물질의 풍요로움을 맛본 사람들은 외부로부터 가해지는 물질적 압박을 견디기 힘들 것이다. 끝없이 파업이 이어지고 슈퍼마켓에는 물건이 동이 나고 전기와 수도가 끊기고 정치적으로 대립이 극심해지던 나날. 쿠데타에 대한 공포와 백색 테러. 그 역사가 되풀이되는 건 절대로 안 된다는 생각 말이다. 어찌나 확실하게 눌러 놨던지 그들은 다시는 사회주의를 꿈꾸지 않게 되었다는 생각이 든다. 언젠가 이런 글을 읽었다. 독일농민전쟁은 잔인한 진압과 살육으로 패배했는데 그 과정이 얼마나 끔찍했는지 19세기 중엽까지 다른 사회운동의 싹이 나타나지 않았다. 그림형제가 채집한 전래 동화 '브레멘 음악대'는 이때 이름 없이 스러져간 사람들에게 보내는 헌사라고 말이다. 한겨레의 최우성 기자의 글이었다. 물론 이건 순전히 개인적인 느낌일 뿐 실제가 어떤지는 알 수가 없다.

파타고니아에서 만난 벤야민은 칠레가 둘로 나뉘어 있다고 말했다. 독재는 끝났어도 사람들은 여전히 분열되어 있다고 했다. 지금은 침묵하고 있지만 그들은 결코 자신의 생각을 바꾸지 않았다. 그래서 사람들은 모르는 사람들과 정치 얘기를 하지 않는다. 나와 얘기를 나눈 사람들 대부분이 자신의 견해를 밝히면서도 무의식적으로 소리를 낮췄고 조심스러워했다. "피노체트 시절을 그리워하는 이들은 사람이 아니야. 인간이면 그럴 수가 없지. 얼마나 많은 사람이 고문받고 죽었는데. 얼마나 많은 사람들이 실종되었는데. 고통당하는 이들에게 연민을 느끼지 못하는 게 사람이겠니?" 그 말을 한 사람은 산티아고 호스텔에서 일하던 아주머니였다. 손은 떨리고 있었고 눈가엔 눈물이 맺혀있었다. "네루다를 좋아하지만 다는 아니야. 사랑의 시는 더할 나위 없이 아름다워. 하지만 그의 정치적인 시는 형편없어. 그걸 어떻게 시라고 할 수 있을지 모르겠어." 누군가는 네루다의 사랑의 시를 외우지만 〈모두의 노래〉는 혐오하고, 또 누군가는 네루다의 마추픽추에서 노래한 시를 외우지만 사랑의 송가에는 고개를 젓는다. 인간이 그렇나. 사람은 모두

똑같지 않으며 서로가 서로를 “어떻게 저게 가능하지?”라고 생각한다. 우리도 마찬가지다. 도저히 인정할 수 없을 것만 같은 사람들과 한배를 타고 있으며 한쪽을 완전히 도려내고 살 수는 없다는 걸 안다. 수개월간 천육백만 명의 사람들이 광장에서 대통령 탄핵을 외치며 촛불을 들었지만 그 속내가 다 같지 않았고 또 한쪽에서는 태극기를 휘날리며 탄핵반대를 외치는 사람들이 있었다. 누군가에겐 국정농단과 무능과 부패의 주역이지만 또 다른 누군가에겐 순결하며 결백한, 정적들의 음모의 희생자다. 그 간극이 너무나 커서 도무지 메워질 방도가 보이지 않는다. 이건 단지 정치에만 해당하는 게 아니다. 우리는 일상에서도 매 순간 매 견해마다 차이를 발견한다. 한쪽이 다른 한쪽을 악으로 규정하는 한 대화는 성립하지 않는다. 그러고도 살 수 있다면 그나마 다행이지만 현실은 늘 그렇듯 녹록하지 않다. 나는 계속 고민에 빠진다. 어떤 정치적 입장이나 어떤 사안에 대한 극단적인 이견에도 불구하고 그들이 하나같이 좋아하고 같이 부를 수 있는 노래가 비올레타 파라의 〈생에 감사해〉다. 어쩌면 그 이상은 가능하지 않을지도 모른다는 생각이 떠나지 않는다.

생에 감사해/ 내게 너무 많은 걸 주었네
샛별 같은 눈동자를 주어 밝고 어두운 것을 온전히 구분하고
창공을 수놓은 별을 보고 군중 속에서 내님을 찾을 수 있다네

생에 감사해/ 내게 너무 많은 걸 주었네.
청각을 주어 밤낮으로 귀를 기울여
귀뚜라미, 카나리아, 망치소리, 물레방아, 소나기, 개 짖는 소리,
그리고 사무치게 사랑하는 임의 한없이 부드러운 목소리를 새기네.

생에 감사해/ 내게 너무 많은 걸 주었네.
소리와 문자를 주어
어머니, 친구, 형제자매, 애모하는 영혼의 필력, 길을 비추는 빛 같은 말들을
떠올리고 표현할 수 있네.

생에 감사해/ 내게 너무 많은 걸 주었네.
내 지친 발을 이끌어 도시와 시골길, 햇볕과 사막, 산맥과 평원,
그대의 집과 거리와 정원을 걸을 수 있다네.

생에 감사해/ 내게 너무 많은 걸 주었네.
인류의 지성이 낳은 창조물을 볼 때
악이라고는 모를 듯한 착한 사람을 볼 때
그대 맑은 눈을 깊숙이 들여다볼 때마다
요동치는 심장을 주셨네.

생에 감사해/ 내게 너무 많은 걸 주었네.
웃음을 주고 울음도 주니
내 노래와 당신의 노래의 재료인 즐거움과 고통을 구분할 수 있네.
당신의 노래는 바로 나의 노래이고
모든 이의 노래가 바로 나의 노래라네.

개와 인간의 평화로운 공존

칠레에서 가장 인상적인 건 무엇보다 '개' 다. 아니, 더 정확히 말하자면 '개와 인간의 관계' 다. 그만큼 칠레의 개는 눈에 띄는 존재다. 길거리 어디에서나 커다란 개가 다닌다. 주인도 없이, 혼자서, 혹은 무리 지어 어슬렁어슬렁 길을 누빈다. 큰 개도, 작은 개도, 다친 개도, 멀쩡한 개도, 얼룩무늬 개도, 늑대처럼 생긴 개도. 대도시인 산티아고의 도로에서도, 사막인 산 페드로 아타까마에서도, 바닷가인 라 세레나에서도, 남부 빙하의 산악지대인 파타고니아에서도 마찬가지다. 길은 사람에게만 열려있는 게 아니라 개에게도 열려 있다. 칠레에서는 개도 사람처럼 그곳 주민 같다. 개들은 자유롭게 거리를 활보한다. 묶여 있는 개는 찾아볼 수 없는데 그렇게 길거리를 걸어 다니는 개들은 사람을 보고도 짖지 않는다. 사람들은 지나가다가 개를 쓰다듬거나 멈춰 서서 개와 장난을 치기도 한다. 그럴 때 개들은 사람의 손길이 멀어질 때까지

가만히 있거나 작은 개들은 벌렁 드러누워 기쁨을 표시하기도 한다. 잠시 그렇게 놀다가는 서로 또 아무렇지 않게 헤어진다. 더운 한낮에는 햇빛을 피해 자동차 밑으로 들어가 그 그늘 아래서 늘어지게 잠을 자는 개들을 볼 수가 있다. 인도 한가운데에서도 그늘만 있다면 그 아래서 잠을 잔다. 구석도 아니고 길 한가운데서 뻗어있는 개를 사람들은 조심스럽게 피해서 길을 간다. 땡볕에 지쳐 쉬려고 그늘을 찾으면 그게 어디든 좋은 자리는 전부 개가 차지하고 있다. 하지만 그렇게 자고 있는 개를 쫓아내고 그 자리를 차지하는 사람을 본 적이 없다. 무서워서냐고? 아니다. 칠레의 개는 무섭지 않다. 그들은 정말로, 믿을 수 없을 정도로 순하다.

산티아고는 대도시라 그런 광경을 보기가 힘들지만 시골로 내려가면 이른 아침에 동네 개들이 떼로 몰려다니며 세몰이 하는 걸 볼 수가 있다. 다른 동네 개들이 건널목 저편에 나타나면 이쪽 동네 개들이 짖어대며 쫓아다니는 거다. 그런데 그게 아이들이 전쟁놀이하는 장난 수준이라 바라보고 있으면 애들 노는 거 지켜보는 것처럼 재미난다. 그렇다. 개들이 짖기도 하는데 그건 사람을 향해서가 아니라 자기들끼리 장난칠 때다.

그런데 이쯤에서 궁금해진다. 그럼 밥은? 개 먹이는 누가 주지? 물이야

찾으려 들면 길에서도 얼마든지 찾을 수 있지만 먹이는 어떻게 하지? 쓰레기통을 뒤지나? 그런데 칠레에선 쓰레기를 봉지에 담아 길거리에 그냥 버리지 않는다. 칠레의 다른 도시들을 다니다 보면 쓰레기통이 바닥으로부터 떨어져 높이 달려있는 걸 볼 수가 있다. 아마도 개나 고양이가 그걸 뒤지지 못하도록 하려는 의도였을 것이다. 그렇다면 개들은 어떻게 밥을 먹지? 어떻게 굶어 죽지 않고 저토록 평화롭게 살아갈 수가 있단 말인가?

그에 대한 답은 상당히 뒤늦게 얻게 된다. 칠레의 개들은 '누구의 소유도 아니면서 누구나의 개' 라는 사실을. 사람도 개도 그저 동반자일 뿐 소유를 주장하지 않는다고 했다. 개와 관련해서 어디서도 들어보지 못한 신선한 관계다. 그렇다고 길거리가 개똥 천지여서 특별히 지저분한 것도 아니다. 비록 비포장도로가 많고 포장도로라고 해도 여기저기 깨져있는 경우가 많아 먼지가 많지만 개똥 때문에 유난히 더럽거나 한 건 아니다. 칠레에선 어느 도시를 가나 청소를 참 열심히 한다. 제일 많이 마주치는 사람들이 청소원이라고 할 수 있을 정도다. 길에 개들이 그렇게 많이 다니는데도 개똥 천지가 아닌 건 분명히 그들 청소노동자 덕분일 것이다.

짐작하겠지만 여기 개들은 대부분 길거리 개다. 이름하여 '노숙견'.

그 이름에 걸맞게 개들은 몰골이 형편없다. 셰퍼드도, 개들의 여왕이라는 콜리도, 맹인견으로 활약하는 리트리버도, 멋진 눈을 자랑하는 시베리안 허스키도, 우리나라를 비롯한 다른 나라에선 혈통 따져가며 몸값을 달리하는 값비싼 견종들이지만 칠레에선 그저 다 같은 노숙견일 뿐이다. 당연히 냄새도 나고 지저분하다. 하지만 이들은 자유롭다. 그 잘 생기고 값비싼 개들이 오래 씻지 않아 떡진 털을 휘날리며 이 동네 저 동네 휘젓고 다니다가 아무 집 앞이나 놓여있는 물을 마시고 누군가가 주는 밥을 먹는 것이다. 사람들은 자기 개가 아니지만 너나 할 것 없이 그들을 돌보고 심지어 겨울이면 옷까지 입힌다고 한다. 이건 상당히 신선하다. 진정한 평등 사회란 이런 게 아닐까 싶은 감동적인 이야기가 아닐 수 없다. 물론 주인이 있는 개들도 있다. 하지만 그들도 개를 집안에 가두어 기르지 않는 게 대부분이라고 한다. 그런 개들은 출근할 때 주인과 같이 나와서 다른 개들과 놀다가 주인이 오면 집으로 들어가는 거다. 주인이 없는 개들은 주민들이 돌보기도 하고 시에서 돌보기도 한다. 공원 같은 곳에는 시에서 마련해준 개집과 밥그릇, 물그릇을 쉽게 볼 수 있다. 하지만 노숙견의 자존심이 있지. 그들은 그냥 길거리에서 잘지언정 공원의 개집에서 자진 않는다. 몸이 죽도록 아프다면 모를까.

칠레에서의 여정을 거의 다 마치고 다시 산티아고로 돌아와 쉴 때 우연히 발견한 베트남 음식점에는 커다란 셰퍼드가 테이블 사이를 어슬렁거리며 돌아다니곤 했다. 그러다가 정원 구석의 물그릇에서 물을 마시고 손님이 목덜미를 쓰다듬으면 가만히 있다가 귀찮아지면 휭, 하니 밖으로 나갔다. 누구 개냐고 물으니 길거리 개였는데 이젠 자기 개나 다름없다고 한다. 이름까지 지어주었단다. "그래도 여기 갇혀있진 않아. 나가고 싶을 때는 언제든 나갔다가 쉬고 싶을 땐 들어와서 쉬다가 그래. 그래도 이름 지어줬다고 자기 이름 부르면 쪼르르 달려와" 이 동네에 그 셰퍼드를 돌보는 또 다른 사람이 있을지도 모른다.

그들은 그렇게 살아간다. 소유하지 않지만 친구로. 어쩌면 개에게는 이보다 더 좋은 나라는 없을지도 모른다는 생각이 문득 스친다. 견종 간의 계급도 차별도 없고 호화롭게 살거나 먹지는 않지만 누구도 굶어 죽지 않으면서 사람들과 길을 공유하고 그들의 친구로 살면서도 소유당하지 않는 자유로운 삶을 누리는 개들이라니… 배고픔이 해결된 자유로운 삶. 누군들 그런 삶을 꿈꾸지 않겠는가.

음식으로 얻는 치유

불안은 도둑처럼 온다고 했던가. 누군가에게는 평생 한 번도 오지 않을 불운한 일이 누군가에게는 연속해서 오기도 한다. 생각해 보면 이번 여행이 그랬다. 멀쩡한 보도블록에 뜬금없이 나사못이 길쭉하게 솟아 있었다. 그리고 다른 이들은 다 피해 가는 그 못을 하필이면 내가 밟는다. 다행히 등산용 샌들의 고무 밑창이 두꺼워서 내 발 대신 밑창이 뚫렸지만 하마터면 다친 발을 또 다칠 뻔했다. 택시 기사가 다른 승객들은 아무 이상 없이 숙소에 내려주면서 내 숙소만 못 찾고 헤매는 일이 반복되었고 그들은 요금도 제대로 받았으면서 나는 온 도시를 다 돌아 바가지를 씌우기도 했다. 물건들은 소소하게 계속 없어지곤 했다. 각각의 호스텔에서 물병도 없어지고 긴 팔 티셔츠도 없어졌으며 양말과 수건도 사라졌다. 소매치기 시도도 희한한 형태로 반복되었고 간단하게 해결될 일도 여러 번 수고를 더해야 마무리되었다.

그런 일이 반복되면 신경이 곤두서고 이게 무슨 마 같은 게 낀 게 아닌가 하는 비이성적인 사고가 작동된다. 불안감은 증폭된다. 앞뒤로 젊은 남자애들 두어 명이 오기만 해도 경계심이 들고 의심하며 그들의 걸음 속도에 온 신경이 집중된다. 내 의심은 점점 심해져서 사람들의 사소한 행동 하나하나에 의미를 두게 되기에 이른다. 무전여행 중이던 미국 청년 하나가 호스텔의 자원봉사자로 머물렀는데 하필이면 내 침대의 2층에서 잠을 잤다. 나는 그가 비어있는 다른 침대들 다 놔두고 내 근처로 왔는지 의아했고 그가 새벽에 나갈 때까지 잠을 못 이루기도 했다. 친절하고 밝은 성격의 오스트리아 친구가 아이패드를 빌려주겠다고 했을 때도 거절했다. 운 나쁜 이번 여행에서 행여라도 그걸 가지고 나갔다가 재수 없게 고장이라도 나면 물어줘야 할 일이 먼저 염려가 되었기 때문이다. 미술관에 간다고 했을 때 같이 따라나선 독일 친구도 신경 쓰였고 왜 나랑 같이 다니려고 하는지 의심했다. 그러니 내 마음은 황폐해질 대로 황폐해져서 나중에는 너덜너덜해졌다. 스스로가 한심해서 견딜 수가 없었다. 모두가 도둑놈 같았고 다 나를 노리고 있는 것만 같았다. 나는 사막 한가운데 부상당한 채 쓰러져 있는 어린 새처럼 느껴졌고 사방이 내가 죽기만을 기다리는 독수리로 둘러싸인 것만 같았다. 나는 죽지 않으려고, 정신 줄 놓지 않으려고 감기는 눈을 가까스로 뜨고 버티는 어린 새였다. 그래서 여행의 마지막에 가서는 혼자 있고 싶었고 쉬고 싶은 마음뿐이었다. 몸과 마음이 지쳤기 때문이다. 의심은 언제나 내 안에서 나왔고 나를 힘들게 하는 건 타인이 아니라 나 자신이었다. 그걸 깨달은 순간 물속에 비친 흉한 자화상을 들여다본 것처럼 괴로웠다.

그러다가 발견했다. 리코 사이공이라는 베트남 식당. 베야비스타 지역의 산타 필로메나 거리를 지나다가 낮은 나무 울타리 너머로 낡은 팔레트에 흰 페인트를 칠해 오래된 느낌을 주는 탁자가 놓여있는 식당을 보았다. 라벤더며 리라 꽃이 자잘한 풀들과 어우러진 정원이 있다. 아름다운 곳이다. 나는 홀린 듯 그 안으로 들어간다. 환한 웃음으로

맞아주는 베트남 아주머니를 보고 말할 수 없는 편안함을 느낀다. 시간은 오후 4시. 식사 시간이 아니라 손님은 없다. 그곳에서 나는 따뜻하고 매운 베트남 쌀국수를 먹는다. 마침 심심했던 주인아주머니가 앞에 와서 앉는다. 우리는 수다를 떤다. 그날 이후 나는 떠나기 전날까지 거의 매일 그곳에 들렀다. 칠레 여행을 하는 동안 레스토랑 가격이 너무 비싸서 숙소에서 해 먹은 적도 많지만 현지인들이 권하는 음식은 골고루 먹어봤다. 네루다가 즐겨 먹었다는 생선 스튜 같은 칼디요 데 콩그리요도 맛있었고, 각종 고기와 옥수수 토막과 감자와 단호박을 넣고 끓인 카주엘라는 좋아하는 음식이 되었으며 커다란 만두 튀긴 것 같은 엠빠나다는 주로 도시를 이동할 때 꼭 챙겼던 음식이고 온갖 해산물과 조개를 소금과 레몬을 넣어 끓인 빠일라 마리스코스도 기억에 남았다. 원조가 페루인지 칠레인지를 두고 지금까지도 싸운다는 세비체는 영원히 기억에 각인된 음식이다. 아타까마에서 먹은 파타스카 수프와 옥수수를 으깨서 찐 우미따도, 양을 화덕에 구운 요리도 다 먹어봤다. 그런데 이번 여행의 최고 음식은 바로 리코 사이공에서 먹은 음식들이었다.

한 달이 넘도록 한국 음식이라곤 라면 몇 개 빼놓고는 먹은 적 없다. 위안을 얻기 위해 한국 음식이 필요했지만 그 순간에 내 곁에 와준 건 베트남 음식이었다. 나는 원래 음식은 '살기 위해 먹는 것' 정도로 생각했다.

해외여행을 하면서 한국 음식을 고집한다거나 맛있는 것 먹으러 장거리 이동을 하거나 오래 줄 서서 기다리는 사람들을 이해하지 못했다. 꼭 먹어봐야 한다고 권하는 현지 음식은 맛을 보는 정도로 먹고 돌아다니긴 했지만 음식이 특별히 중요한 의미를 차지하진 않는다. 그러던 내가 리코 사이공에서 몸과 마음이 치유되는 경험을 한 것이다.

고수가 듬뿍 들어간 반미 샌드위치와 통통한 새우 살이 입안 가득 차던 산뜻한 스프링롤, 소고기가 들어간 깨끗하고 뜨끈한 쌀국수와 금방 짜서 꿀까지 듬뿍 넣은 시원한 레모네이드, 코코넛을 넣은 커피와 코코넛 주스. 주로 손님이 없는 시간대에 가서 음악을 들으며 글을 쓰고 멍하니 햇빛 아래 해바라기를 하고 보내던 그곳에서의 오후. 열정적으로 아무것도 하지 않고 흘려보낸 시간들. 담장 안에서 느끼던 안정감. 주인아주머니 이름은 '마이'였다. 베트남에서 피는 노란 색 꽃 이름이라고 했다. 그녀는 미국인 남편을 따라 미국에서 살다가 칠레로 와서 식당을 차렸다. 그전까지 세계 곳곳을 여행했다. "그렇게 돌아다니던 사람이 이렇게 한곳에서 장사를 하면 답답하지 않아?"라는 물음에 "아니. 너무 좋아. 이젠 여행이 피곤해. 나도 너처럼 배낭 메고 돌아다니는 여행을 했거든. 맨날 짐 싸고 짐 풀고 호스텔 찾고 기차나 버스 타고 낯선 곳에서 헤매는 거, 지겨울 때가 된 거지. 할 만큼 했어. 지금은 이렇게 한곳에서 내가 좋아하는 음식 하면서 사는 게 좋아" 나는 그 심정을 충분히 이해했다. 나도 머물고 싶다.
마이 아줌마는 내게 다음에 산티아고에 오면 자기 집에 머물라고 했다. "너랑 아침마다 시장에 가서 장 보고 수다 떨면서 살면 참 좋겠다. 혹시라도 북한의 김정은이 쳐들어오면 무조건 이리로 와. 나랑 같이 살자"
떠나기 전날 마지막으로 들렀을 때 그녀는 이별 기념이라며 과일 접시를 선물로 내왔다. 깨물면 톡 터지는 상큼 탱탱한 포도와 달콤한 망고가 듬뿍 담겨 있다. 그러더니 세상에서 제일 맛있는 아보카도 맛을 보여주겠다며 가져온다. 나는 지금까지 내가 먹은 건 아보카도가 아니었나보다 생각한다. 차원이 다른 맛이다. 이게 진짜 아보카도구나, 감탄한다. 타지에서 누군가 이렇게 진심으로 나를 좋아하고 받아주는 사람을 만나기는 쉽지 않다. 나는 산티아고가 리코 사이공과 함께 기억되리라는 예감을 한다. 노숙견을 자기 개처럼 돌보고 길거리 고양이를 위해 문 앞에 물그릇을 내놓는 여인. 누굴 만나든 잇몸이 다 보이도록 환하게 웃어주고 한 번 온 손님은 반드시 또 오도록 만드는 편안한 정원을 가진 사람. 푸짐하고 맛있는 음식과 마치 나를 기다리고 있었던 것 같은 친근함이 있는 곳. 무엇보다 정성이 깃든 음식으로 치유되는 몸과 마음에 대한 기억 말이다.

에필로그 – 여행을 다녀와서

2016년 12월 27일에 떠난 칠레 여행은 2017년 2월 9일 저녁 8시에 인천 공항에 도착하는 것으로 끝났다. 한여름에서 다시 한겨울로 돌아왔다. 제일 먼저 병원에 가서 진단을 받았다. 발목의 인대 손상은 치료의 골든타임을 놓쳐서 완치되기까지 오래 걸릴 거라고 했다. 갈비뼈는 금이 갔고 그 상태에서 무거운 짐을 지고 걷느라 심지어 조금 밀려나기까지 했다고 의사는 말했다. 그는 나를 보고 한심하다는 눈빛으로 "왜 그러셨어요?"라고 물었다. 그러게요. 왜 그랬을까요? 누군가는 그게 올바른 선택이었는지 물었다. 나를 염려해서 하는 말이다. 나는 생각했다. 어떤 일을 결정하거나 선택해야 하는 상황에서 어느 것이 옳은 것인지를 묻곤 하지만 삶에서 옳거나 틀린 선택은 없지 않을까? 우리는 선택을 하고 그것을 행하는 과정에서 '틀린 게 아니었던 것'으로 만드는 것은 아닐까. "결국 그게 맞았어"는 애초에 정해진 게 아니라 나중에 하는 평가일지도 모른다.

밤마다 핫팩을 발목에 감고 잠을 잤지만 좀처럼 나아지지 않았다. 가슴 통증은 어느새 사라졌다. 많이 기다려야 한다는 걸 알고 있었고 각오했다. 스스로가 자초한 일에 대한 대가 지불은 해야 하지 않겠나 생각했다.

돌아보니 꽤나 힘든 여행이었다. 당분간은 어딘가로 떠나고 싶은 마음은 들지 않을 것 같기도 하다. 그렇다고 칠레 여행이 나빴냐 하면 전혀 그렇지 않다. 내가 최고의 여행으로 꼽았던 스페인의 순례길보다 더 순례길 같은 여정이었다. 비록 부상으로 가고 싶었던 도시를 다 돌아다니지도 못했고 도전보다는 포기를 배워야 했던 아쉬운 여행이지만 정말 많은 사람들을 만났고 우리의 역사와 현재를 생각했으며 치열하게 살아가는 칠레 사람들에게서 많은 것을 느꼈다. 무엇보다 자기 자신이 보였던 '깊은' 여행이었다. 모든 게 지나고 보면 아름답게 윤색된다고들 하지만 단지 윤색되어서가 아니라 별별 일을 다 겪은 여행은 오래도록 기억에 남기 마련이다. 그리고 인생을 다시 산다고 해도 기억할 게 많지 않은 평온한 인생보다는 추억거리가 풍부한 다사다난한 인생을 선택할 것이다.

여행 중반 즈음부터 이런 생각이 들었다. 우리는 우리가 살고 있는 이 시대를 너무나 혐오한 나머지, 그래도 그 안에서 '아름답게' 살기 위해 애썼던 (그리고 일부는 여전히 지금도 애쓰고 있는) 우리 곁의 사람들을 너무 모른 척하거나 무시하며 살고 있는 건 아닌가 하는... 우리에게도 저항의 역사가 있고 그것을 음악으로, 미술로, 소설로 기록하고 사고한 예술가들이 있는데 왜 우리는 그것을 제대로 기록하고 알리고 사랑하지 않을까 하는 생각. 자기 시대를 '역사'로 인식하고 기록하고 사랑하는 사람들의 이야기를 듣고 보면서 슬며시 내 주변을 돌아보게 되고 우리가 해야 할 일을 방치하고 있구나 하는 생각이 든다. '현재를 살아라'라고 하는 말은 단순히 한 개인에게 자신의 현재 삶에 충실할 것을 주문하는 말로 축소

될 수는 없는 게 아닌가 하는 생각. 그 말은 어쩌면 그보다 훨씬 넓은 의미를 갖고 있을지도 모른다.
언제나 누군가 죽고 나면 애석해하며 그제야 그의 삶과 작품을 뒤돌아보는 우리는 지금 살아있는, 우리 곁의 사람들이 지니고 있는 향기를 모른 척한다. 그들이 만든 아름다운 노래들, 그들의 치열했던 시간들... 마치 별것 아닌 것처럼, 이미 지나간 것일 뿐이라고, 밀쳐내고 잊어버리고 부끄러워한다. 전통은 일제에 의해서만 끊긴 게 아니다. 우리는 우리가 곧 역사고 전통이라는 사실도 모르거나, 부인하거나, 인정하지 않는다.

2017년 5월 어느 날. 미세먼지와 황사로 입안이 까끌까끌하고 가래가 자주 걸리던 날. 뿌연 대기 속에서도 벚꽃은 피고 노랗게 개나리가 벽을 따라 피어있었다. 바람이 부니 꽃잎이 눈송이처럼 하늘거리며 떨어졌다. 꽃은 잎을 활짝 벌려 향기를 뿜어내고 있었다. 이 끔찍한 대기 속에서도 꽃은 최선을 다해 피어있었다. 나는 꽃의 현존에 감동받았다. 주변이 어떻든 꽃은 오늘을 살고 있는 것이다. 생명이 있는 모든 것은 어쨌든 살려고 최선의 노력을 한다. 그게 살아 있는 것들의 몸짓이다.

A journey of a
begin

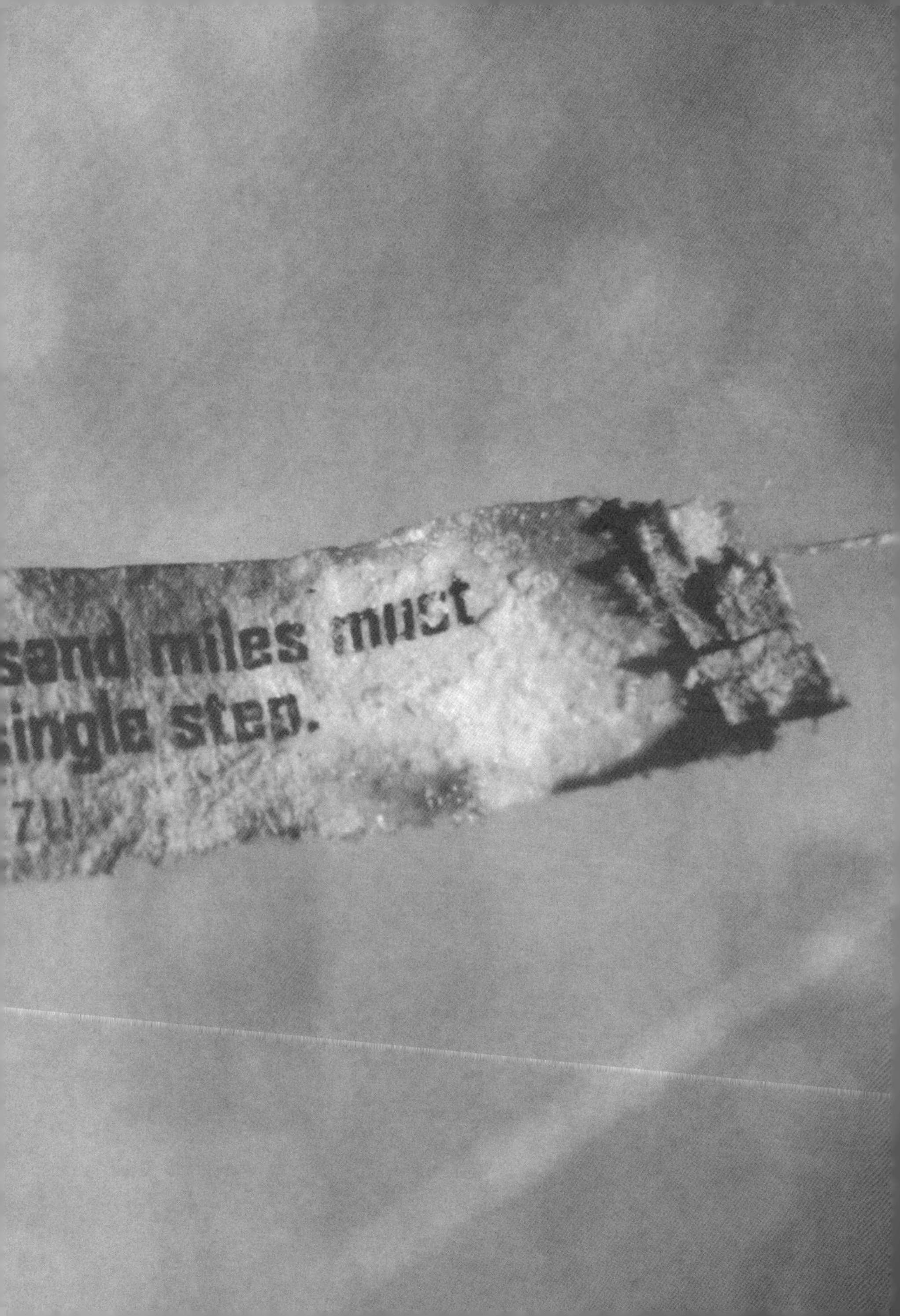
sand miles must
single step.

PENA
PELE
10